印象·黄裳

《黄裳集》编辑委员会 编

山东人民出版社·济南
国家一级出版社 全国百佳图书出版单位

学术顾问： 李济生　杨　苡　黄永玉　姜德明
钟叔河　郑　重

编辑小组： 陈子善　胡长青　李　辉　陈麦青
陆　灏　吕　浩　励　俊　凌　济
容　洁　容　仪

1921 年黄裳三岁照片

1935 年在南开中学

青年时期的黄裳

摄于20世纪40年代

黄裳在寓所

黄裳

印象·黄裳

黄裳

译文卷

印象·黄裳

译文卷Ⅰ·《莫洛博士岛》《数学与你》

1935 年在南开中学

1952年与萧珊在李林墓前

《莫洛博士岛》初版 封面

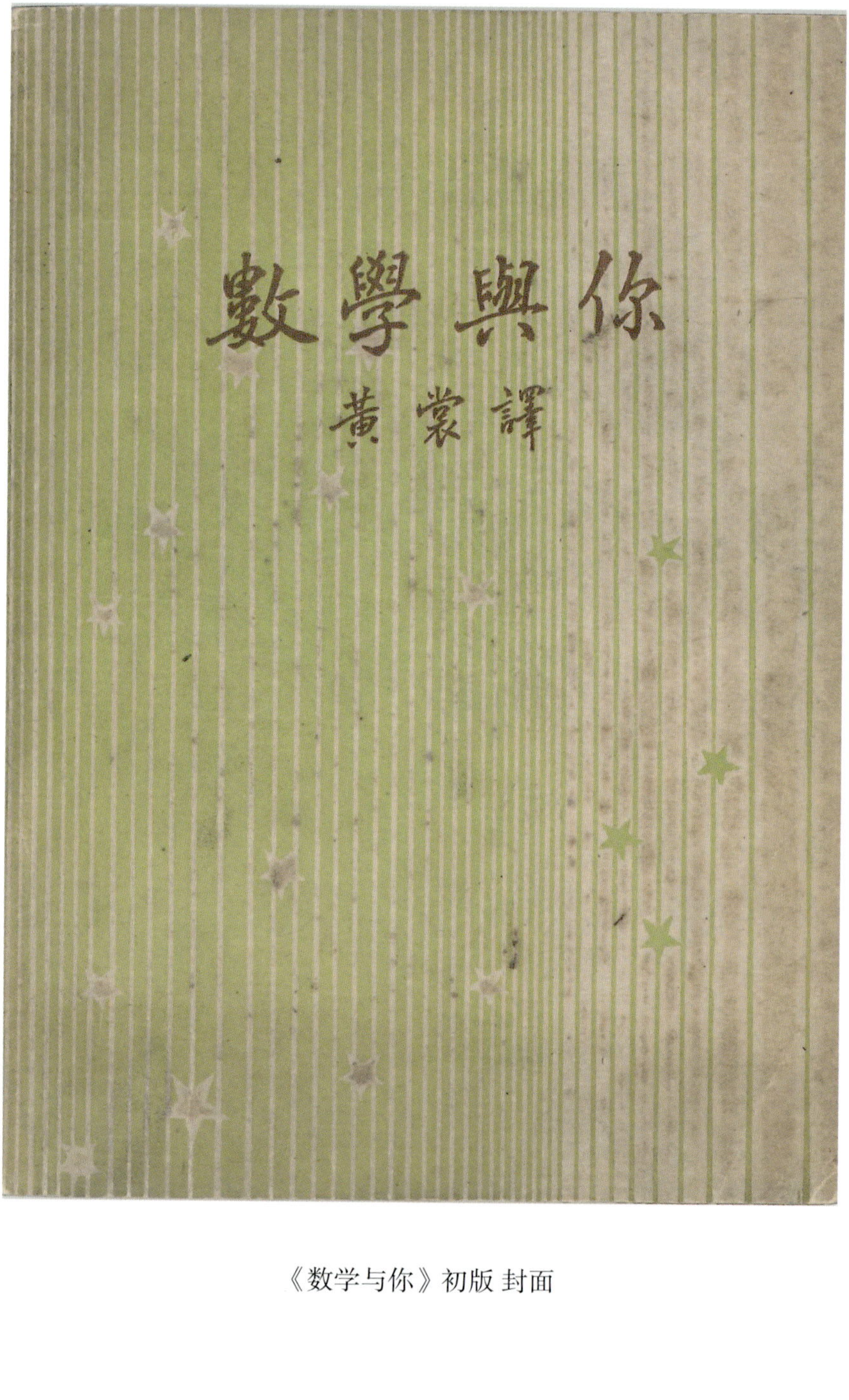

《数学与你》初版 封面

译文卷Ⅱ·《平凡的故事》

1954 年与黄永玉夫妇在北京

50年代黄裳与女儿容洁

《平凡的故事》1957年新文艺出版社 封面

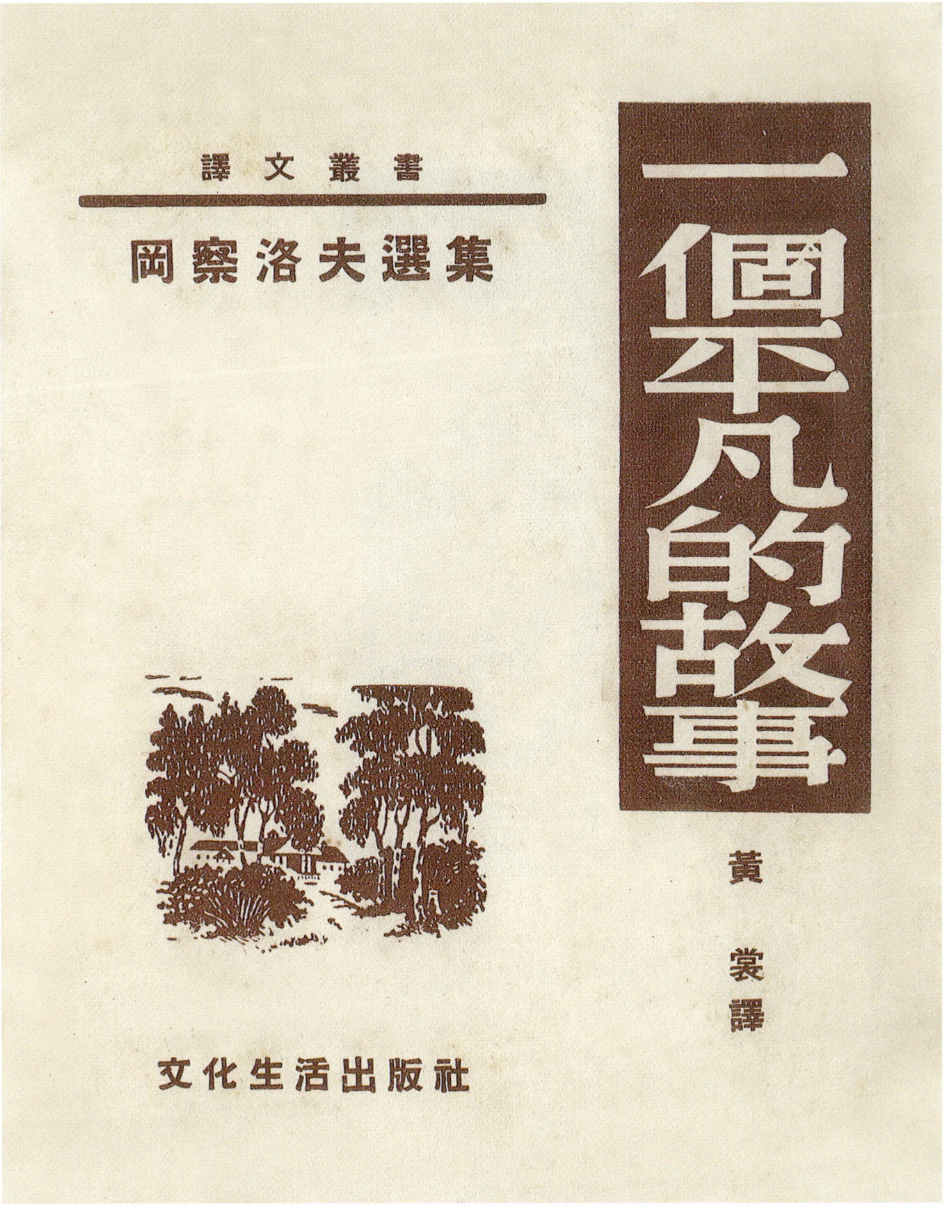

《一个平凡的故事》1949 年文化生活出版社初版 封面

译文卷Ⅲ·《猎人日记》

东方早报
世博将向世界演绎科学发展

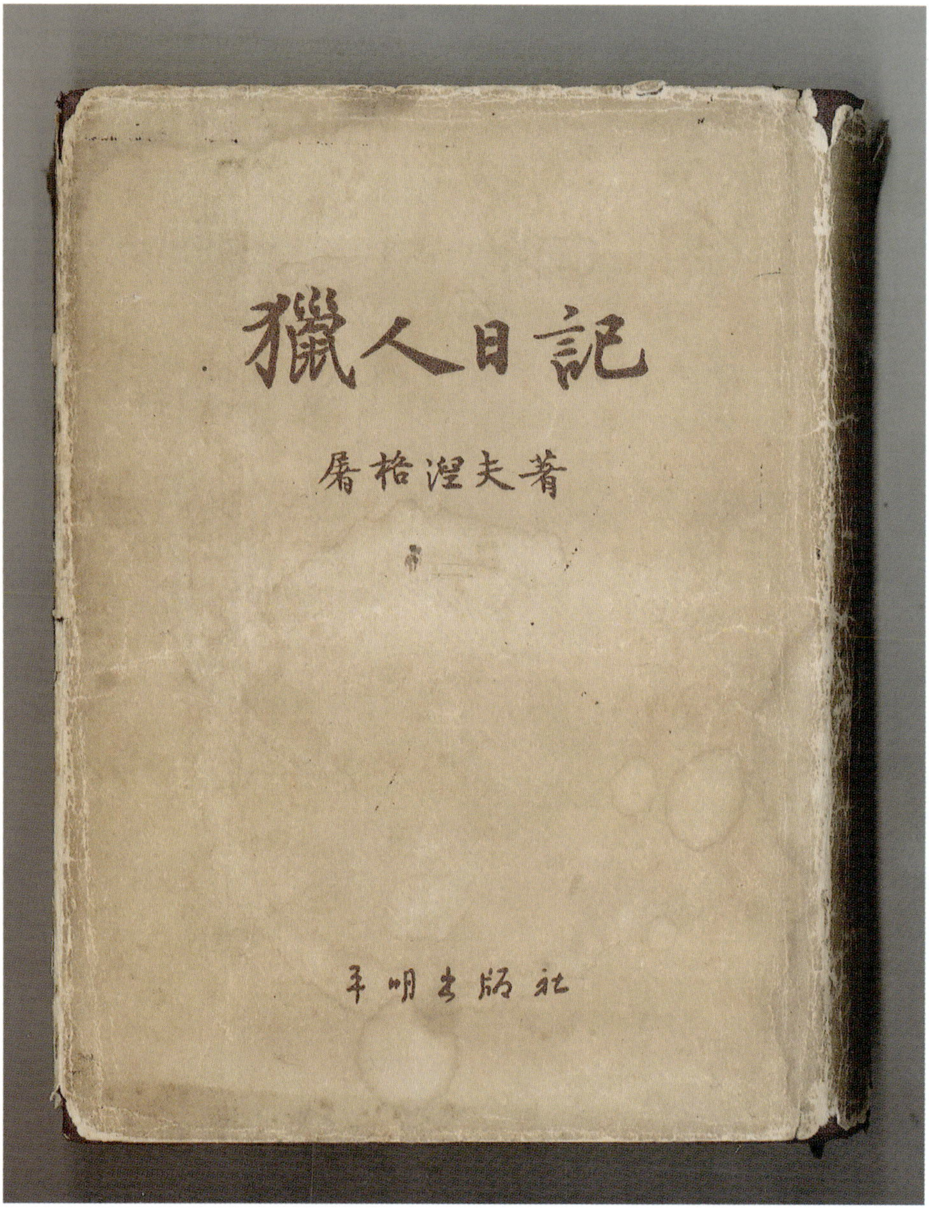

《猎人日记》初版精装封面

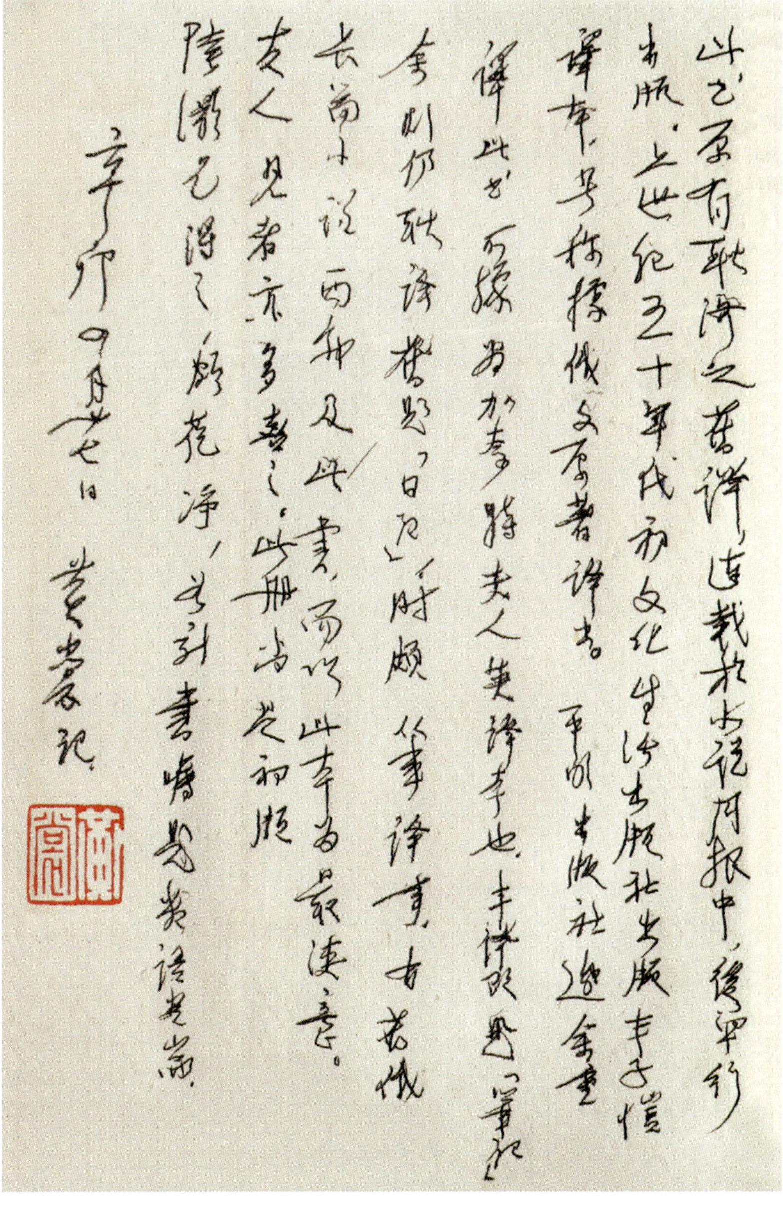

友人题初版《猎人日记》手迹

译文卷

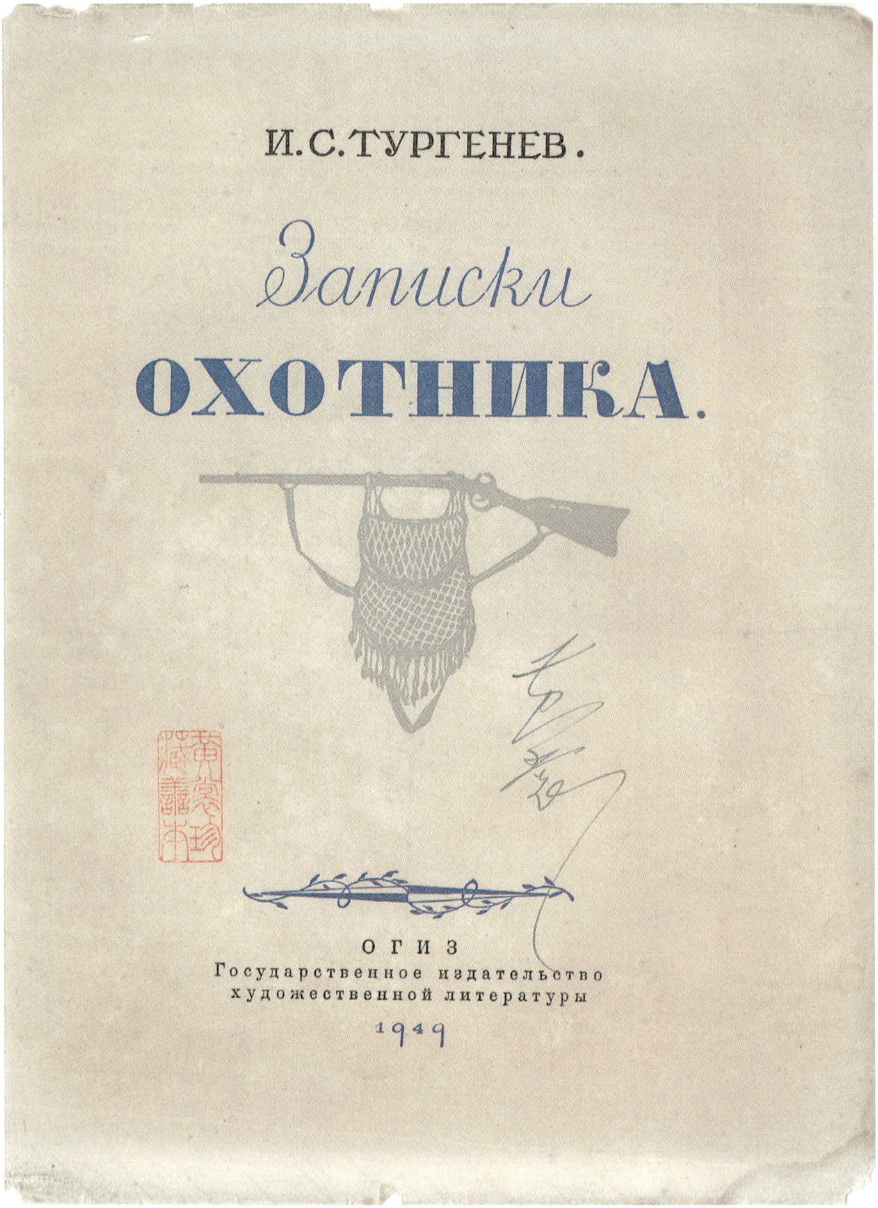
И.С.ТУРГЕНЕВ.
Записки
ОХОТНИКА.
ОГИЗ
Государственное издательство
художественной литературы
1949

《猎人日记》插图集封面

從小就喜歡這本書以來還研究過耿濟之的譯本覺得不滿足一月前由巴金先生發起重譯此書他十分鼓勵我於是就借了英文的GARNETT的譯本來可一直未動筆今天下雨乃買此俄文原本歸雖俄文一字不識也[illegible]借[illegible]可看[illegible]書也的確是美這樣美麗的一本書之的插圖後有這樣好的一個插本的[illegible]更需要一個美的中譯本 一九五〇、三、廿五日 [illegible]

《猎人日记》插图集题词手迹

译文卷Ⅳ·《哥略夫里奥夫家族》

印象·黄裳

青年时期的黄裳

50年代在上海

《哥略夫里奥夫家族》1954 年平明出版社初版 封面

《哥略夫里奥夫家族》1981 年上海译文出版社版 封面

古籍研究卷

印象·黄裳

古籍研究卷Ⅰ·古籍校注三种

黄裳夫妇 1954 年摄于北京

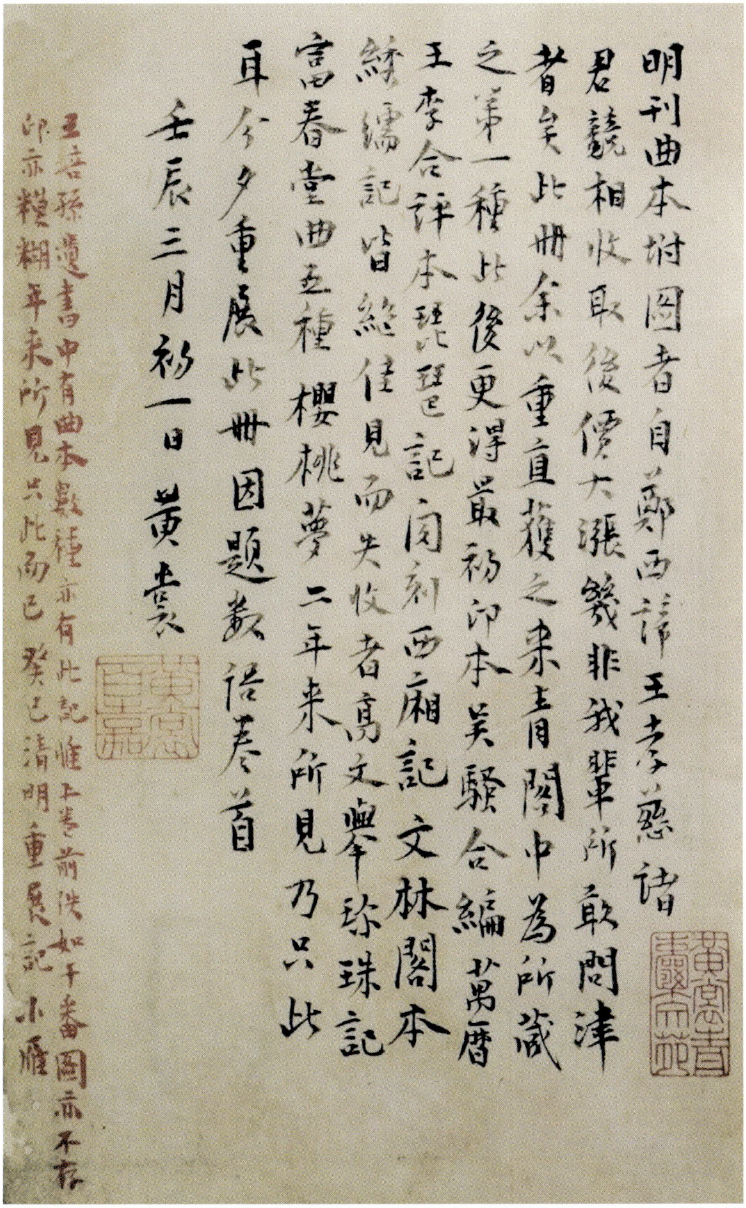
明刊曲本附圖者自鄭西諦王孝慈諸
君競相收取後價大漲幾非我輩所敢問津
者矣此冊余以重直獲之來青閣中爲所藏
之第一種此後更得最初印本吳騷合編萬曆
王李合評本琵琶記閔刻西廂記文林閣本
繡襦記皆絕佳見而失收者高文舉珍珠記
富春堂曲五種櫻桃夢二年來所見乃只此
耳今夕重展此冊因題數語卷首
壬辰三月初一日 黃裳

王晉孫遺書中有曲本數種亦有此記唯上卷前佚如干番圖亦不存
印亦模糊年來所見只此而已 癸巳清明重展記 小雁

黃裳題跋手迹

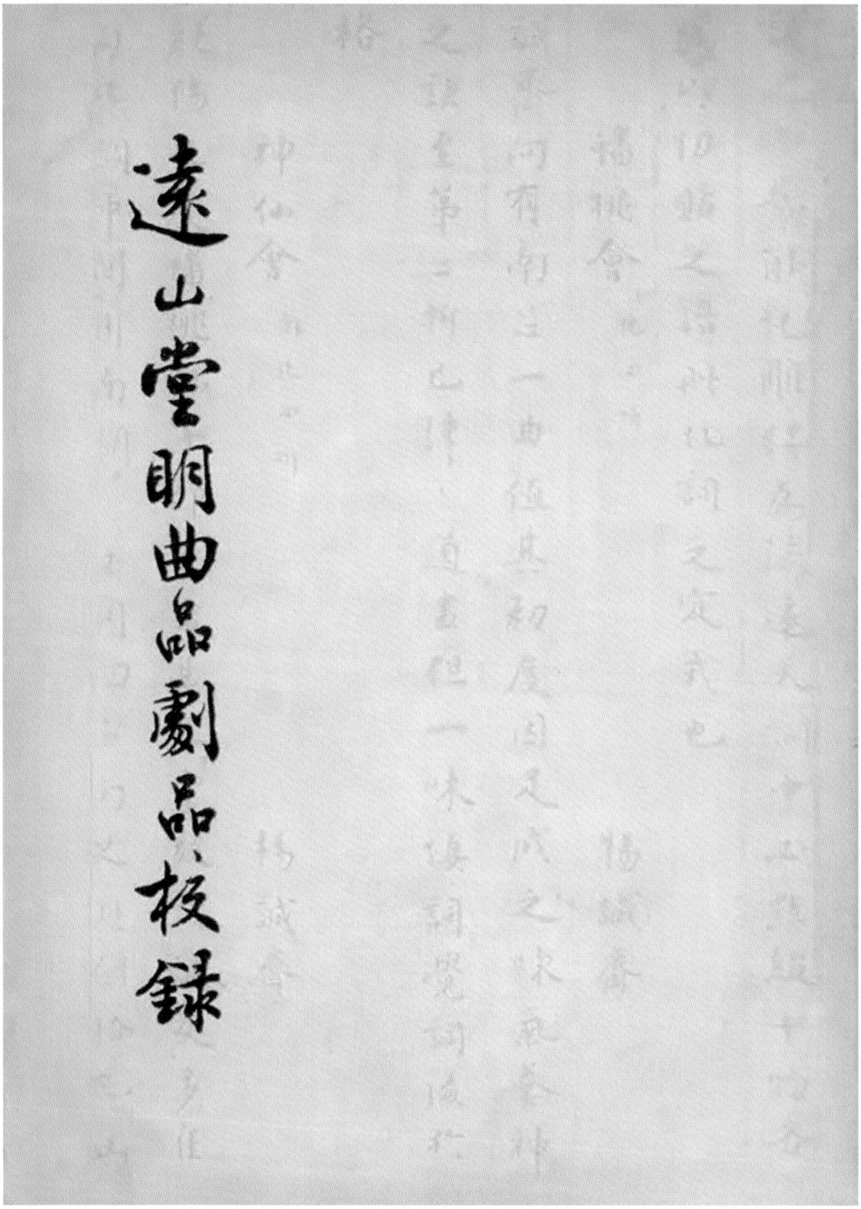

《远山堂明曲品剧品校录》1955 年上海出版公司初版 封面

《玉簪记》1956 年上海古典文学出版社初版 封面

《彩楼记》1956 年上海古典文学出版社初版 封面

古籍研究卷Ⅱ·《前尘梦影新录》

1989 年在曲阜孔子墓前

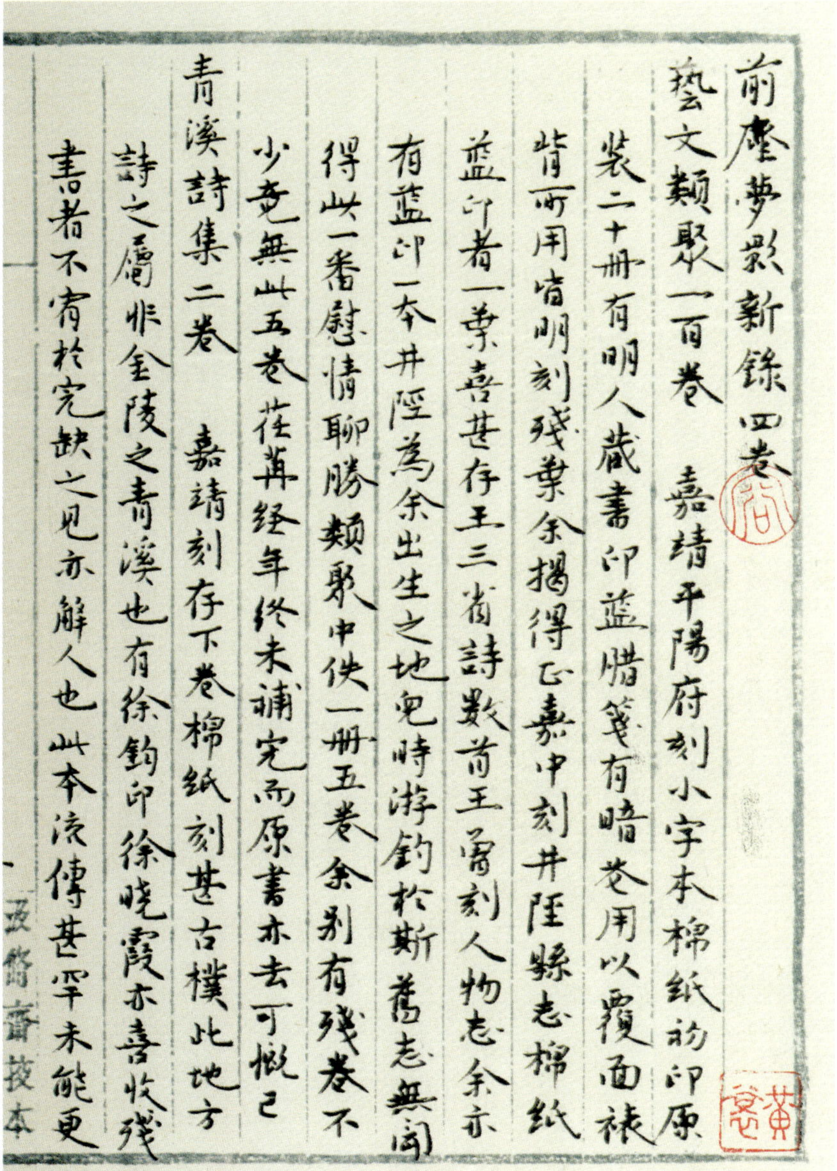
前塵夢影新錄四卷
藝文類聚一百卷　嘉靖平陽府刻小字本棉紙初印原裝二十册有明人藏書印藍腊箋有暗花用以覆面裱背所用皆明刻殘葉余揭得正嘉中刻井陘縣志棉紙藍印者一葉喜甚存王三省詩數首王爵刻人物志余亦有藍印一本井陘爲余出生之地兒時游釣於斯舊志無聞得此一番慰情聊勝類聚中佚一册五卷余别有殘卷不少竟無此五卷荏苒經年終未補完而原書亦去可慨已
青溪詩集二卷　嘉靖刻存下卷棉紙刻甚古樸此地方詩之僅非金陵之青溪也有徐鈞印徐曉霞亦喜收殘書者不甯於完缺之見亦解人也此本流傳甚罕未能更
[illegible]齋校本

黄裳手迹

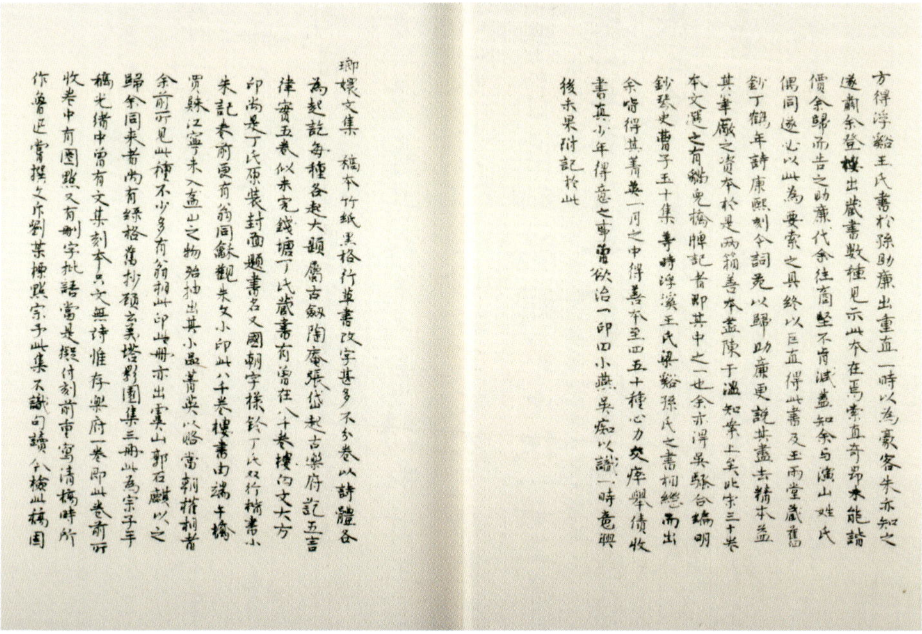
方得浮谿王氏書於孫助廉出重直一時以為豪客朱亦知之
遂劘余登樓出藏書數種見示此本在焉索直奇昂未能諧
價余歸而告之助廉代余往商堅不肯減蓋知余与滄山姓氏
偶同遂必以此為要索之具終以巨直得此書及玉雨堂藏舊
鈔丁鶴年詩康熙刻今詞苑以歸助廉更說其盡去精本益
其筆廠之資本於是兩箱善本盡陳于滬知常上矣此宋三十卷
本文選之有鎦先橋牌記者即其中之一也余亦得吳縣台編明
鈔琴史曹子玉十集尋時浮溪王氏梁谿孫氏之書相繼而出
余皆得其菁英一月之中得善本至四五十種心力交瘁舉債收
書真少年得意之事曾欲治一印四小燕吳痴以識一時意興
後未果附記於此

瑯嬛文集　稿本竹紙黑格行草書改字甚多不分卷以詩體各
為起訖每種各起大題靍古緻陶庵張岱起古樂府訖五言
律賓五卷似未完錢塘丁氏藏書有曾在八千卷樓內文大方
印尚是丁氏原裝封面題書名又國朝字樣鈐丁氏双行楷書小
朱記卷前更有翁同龢觀朱文小印此八千卷樓書由端午橋
買歸江寧未入盋山之物殆抽出其小品菁英以略當剞劂者
余前所見此種不少多有翁相此印此冊亦出霙山郭石麒以之
歸余同來者尚有綠格舊抄穎玄美塔影園集三冊此為宗子手
稿光緒中曾有文集刻本只文無詩惟存樂府一卷即此卷前所
收卷中有圈點又有刪字批語當是擬付刻前重寫清稿時所
作魯迅嘗撰文斥劉某標點宗子此集不識句讀今檢此稿固

黄裳手迹

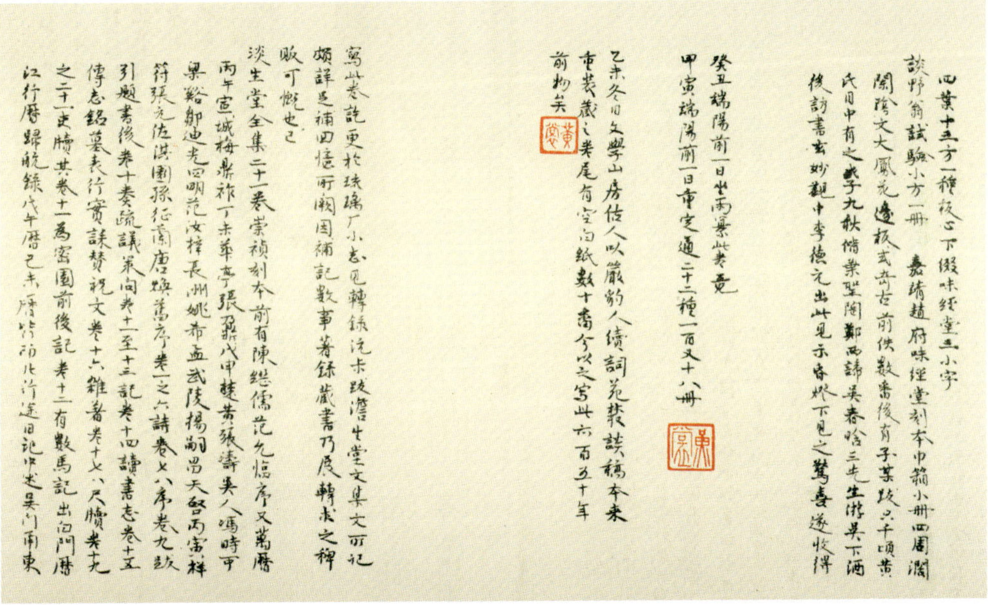
四叶十五方一种版心下缀味经堂五小字
谈野翁试验小方一册　嘉靖赵府味经堂刻本巾箱小册四周澜
阑阴文大凤花边板式奇古前佚数番后有子叶跋只千顷黄
氏目中有之戊子九秋偕聚圣阁郑西谛吴春晗三先生游吴下洒
后访书玄妙观中李德元出此见示香烟下见之惊喜遂收得
癸丑端阳前一日尘雨装此卷竟
甲寅端阳前一日重定通二十二种一百又十八册
黄裳
乙未冬日文学山房估人以严豹人续词苑丛谈稿本来
重装藏之卷尾有空白纸数十番今以之写此六百五十年
前物矣
黄裳
写此卷讫更於琉璃厂小店见转录沈求跋澹生堂文集文可记
颇详足补四忆所阙因补记数事著录藏书乃展转求之稗
贩可慨也已
澹生堂全集二十一卷崇祯刻本前有陈继儒范允临序又万历
丙午宣城梅鼎祚丁未华亭张鼐戊申楚黄张涛吴人冯时可
果豁郑迪光四明范汝梓长洲姚希孟武陵杨嗣昌天启丙寅梓
符张充佐洪图孙征兰唐焕叙序卷一之六诗卷七八序卷九跋
引题书后卷十奏疏议策问卷十一至十三记卷十四读书志卷十五
传志铭墓表行实诔赞祝文卷十六杂著卷十七八尺牍卷十九
之二十一史牍其卷十一为密园前后记卷十二有数马记出白门历
江行历归舫录戊午历己未历皆南北行迷旧记中述吴门南东

黄裳手迹

《前尘梦影新录》初版 封面

古籍研究卷Ⅲ·《清代版刻一隅（汇编本）》

2002年5月在嘉兴曝书亭

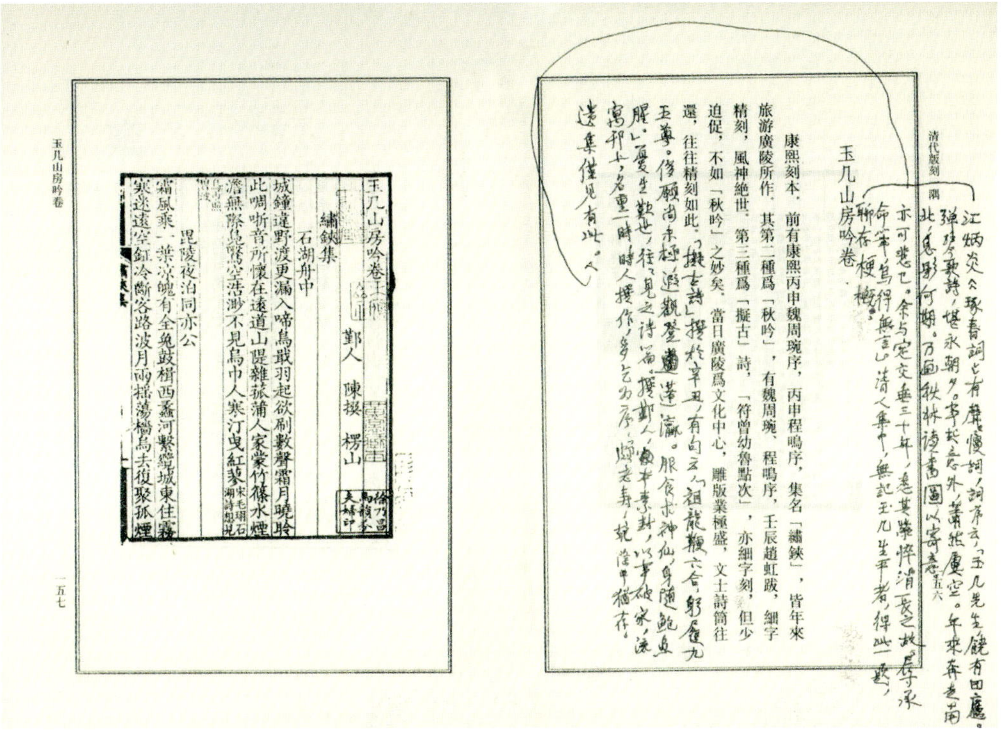

清代版刻一隅

玉几山房吟卷

康熙刻本。前有康熙丙申魏周琬序，丙申程鳴序，集名「繡鋏」，皆年來旅游廣陵所作。其第二種爲「秋吟」，有魏周琬、程鳴序，壬辰趙虹跋，細字精刻，風神絶世。第三種爲「擬古」詩，「符曾幼魯點次」，亦細字刻，但少迫促，不如「秋吟」之妙矣。當日廣陵爲文化中心，雕版業極盛，文士詩筒往還，往往精刻如此。

一五六

玉几山房吟卷

玉几山房吟卷上

繡鋏集　鄞人　陳撰　楞山

石湖舟中

城鐘遠野渡更漏入啼鳥戢羽起欲刷數聲霜月曉聆此啁哳音所懷在遠道山隄雜菰蒲人家蒙竹篠水煙澹無際鳧鷖空浩渺不見烏巾人寒汀曳紅蓼宋毛珝石湖詩想見

毘陵夜泊同亦公

霜風乘一葉涼魄有全兔鼓楫西蠡河繫纜城東住霧寒迷遠空缸冷斷客路波月兩搖蕩檣烏去復聚孤煙

一五七

《清代版刻一隅（增订本）》手稿

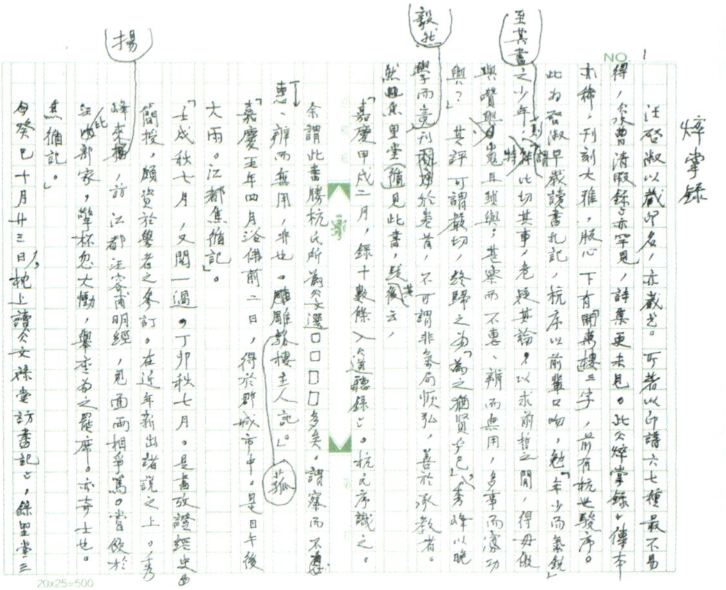

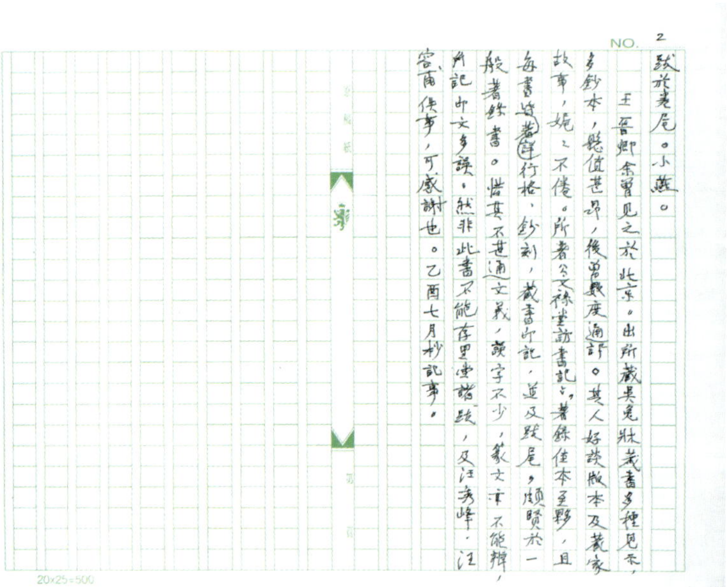

《清代版刻一隅（增订本）》手稿

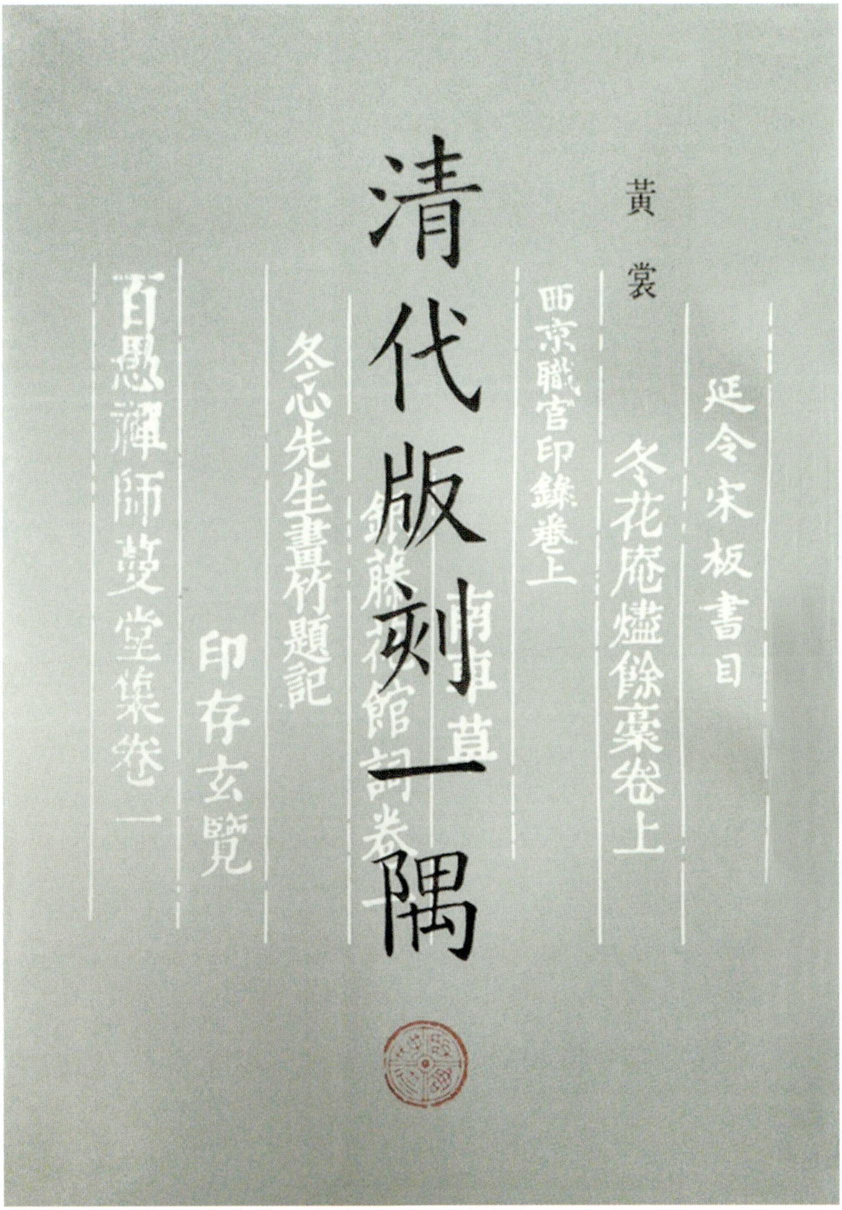
清代版刻一隅
黃裳
延令宋板書目
冬花庵燼餘稾卷上
西京職官印錄卷上
冬心先生畫竹題記
印存玄覽
百愚禪師蔓堂集卷一

《清代版刻一隅》初版 封面

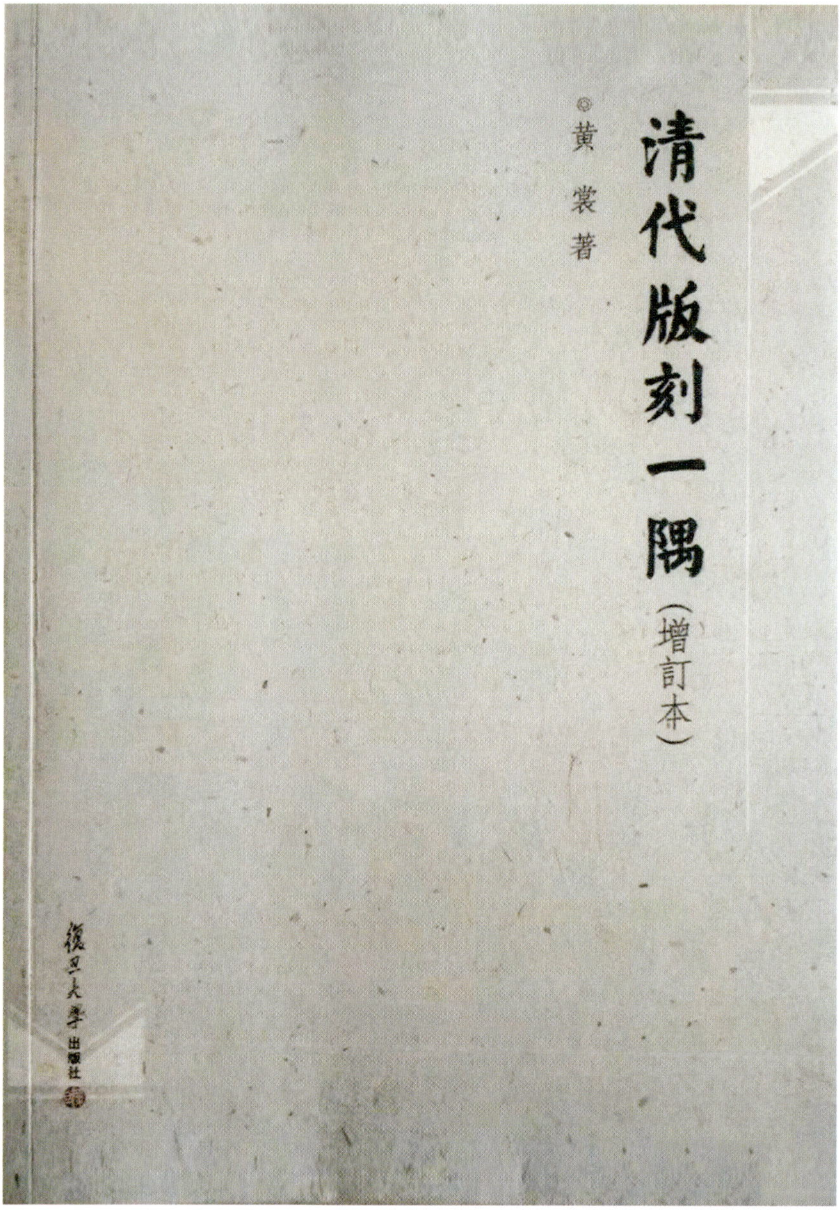

《清代版刻一隅》复旦版“增订本” 封面

古籍研究卷Ⅳ·《来燕榭书跋》（增订本）

20 世纪 90 年代黄裳夫妇与巴金（中）在杭州汪庄

黄裳（后排右一）与巴金（中坐者）和茹志鹃、吴强、王安忆

（后排右二、三、四）的合影

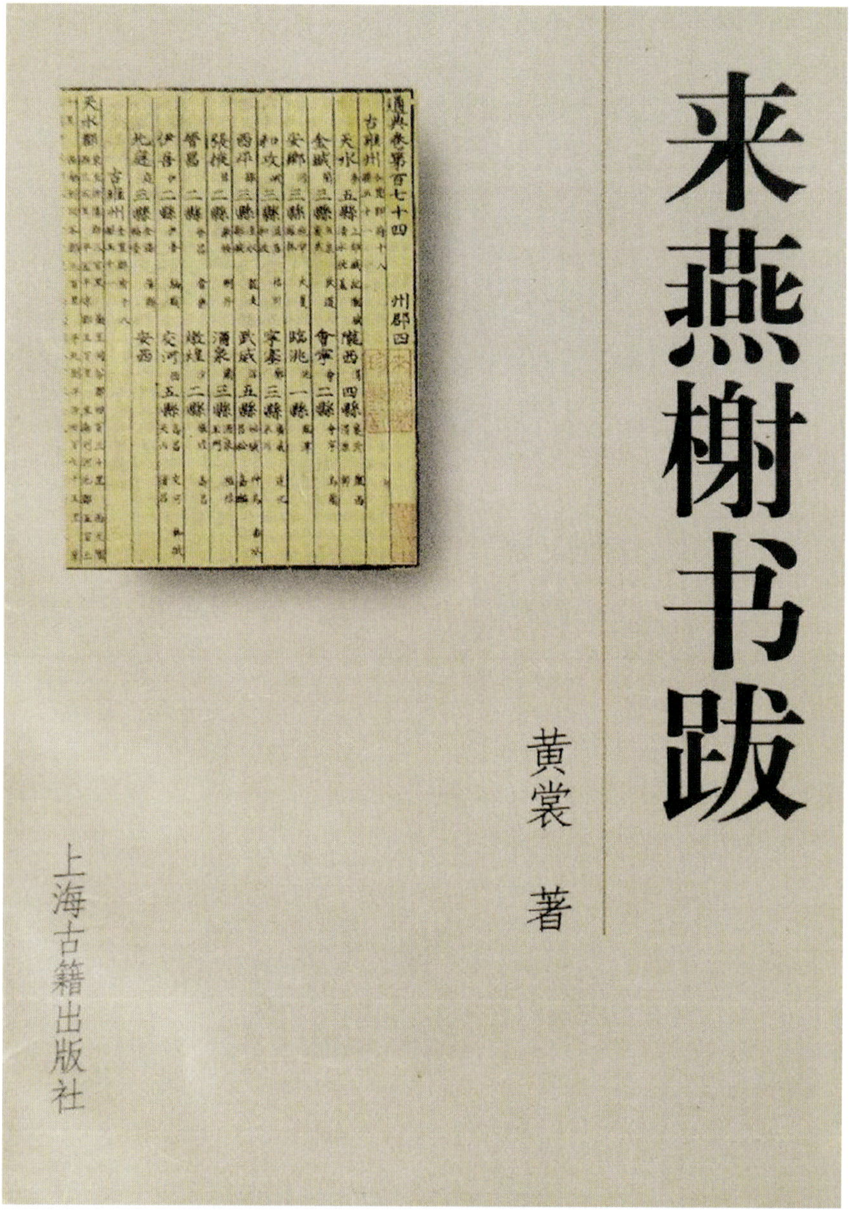

《来燕榭书跋》1999 年上海古籍出版社初版 封面

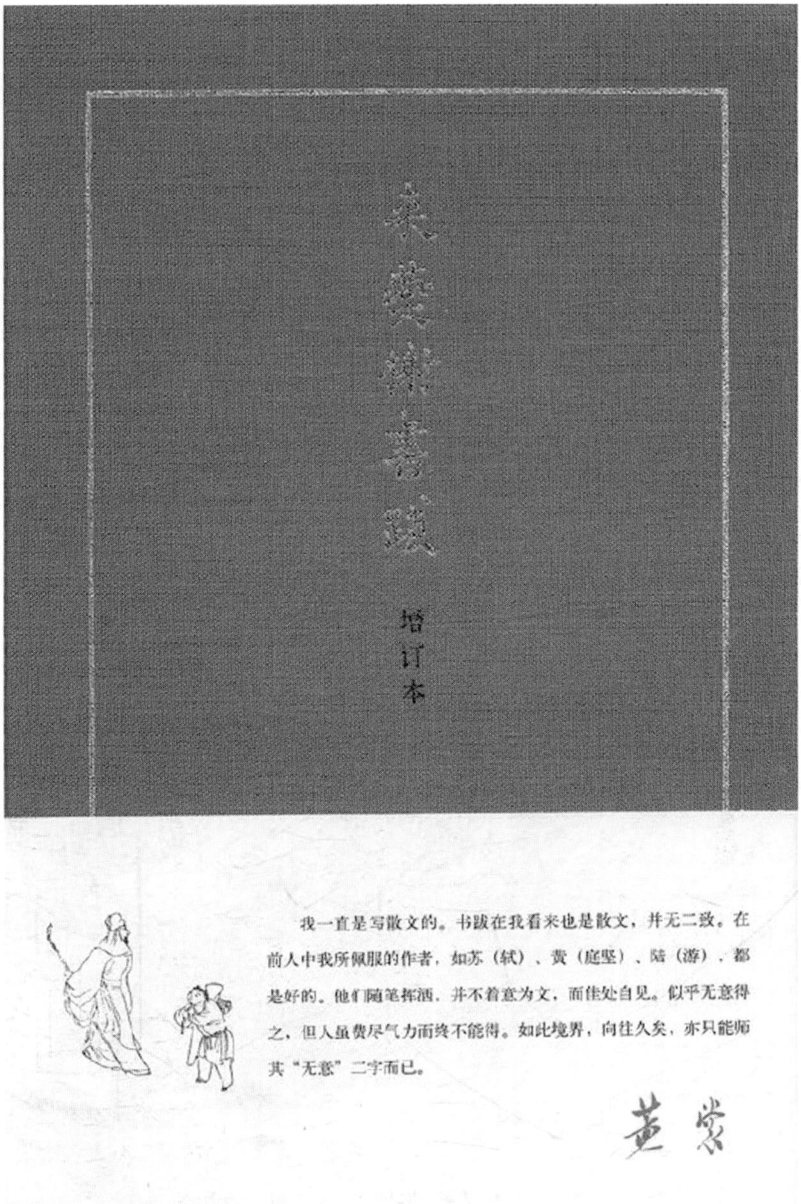

《来燕榭书跋》（增订本）2011 年中华书局版 封面

古籍研究卷Ⅴ·《来燕榭读书记》上

黄裳（右）在家中与来访的黄永玉先生聊天

《来燕榭读书记》2001 年辽宁教育出版社初版 封面

古籍研究卷Ⅴ·《来燕榭读书记》下

晚年在书房

《来燕榭读书记》2001 年辽宁教育出版社初版 封面

古籍研究卷

古籍研究卷Ⅵ·《梦雨斋读书记》《惊鸿集》《插图的故事》

黄裳晚年在上海家中

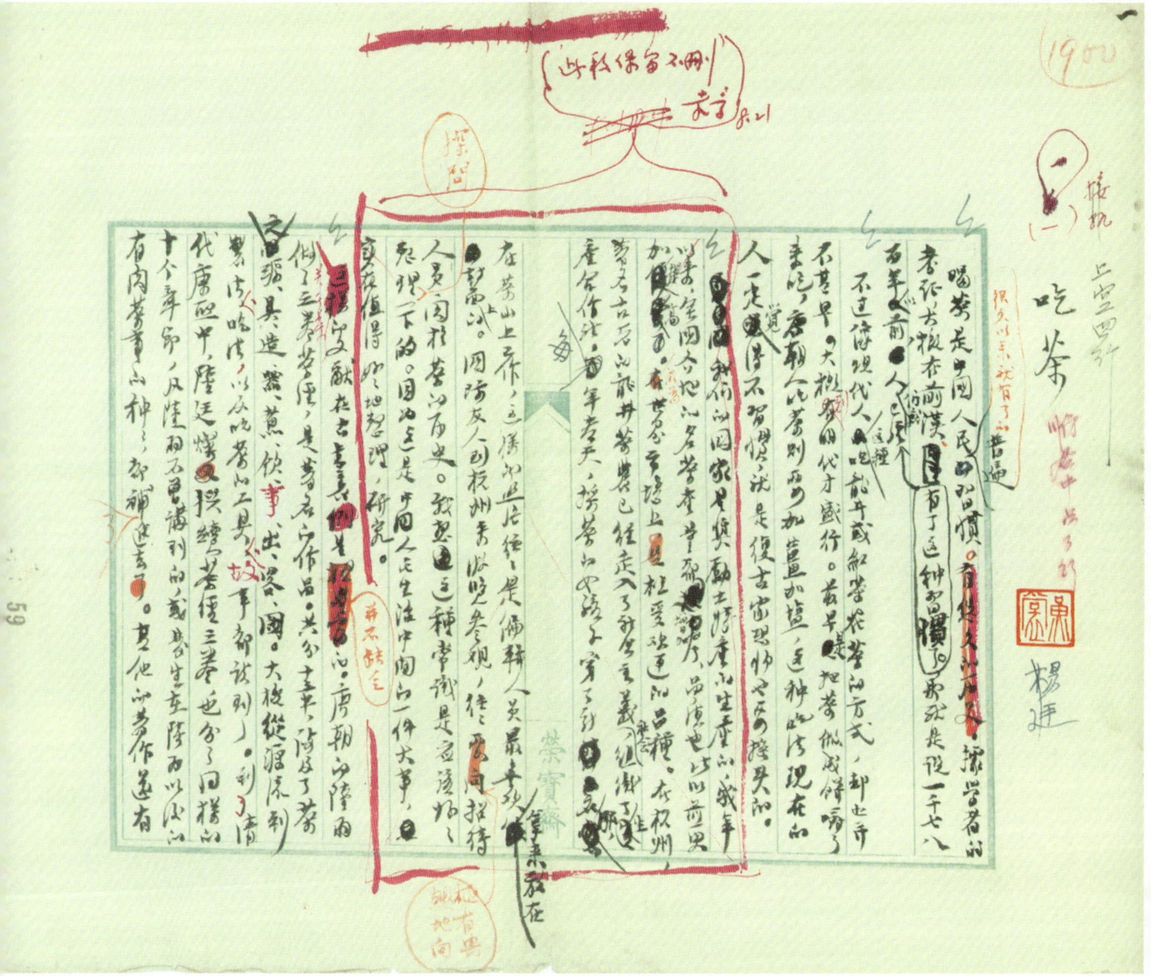

《插图的故事》黄裳手迹

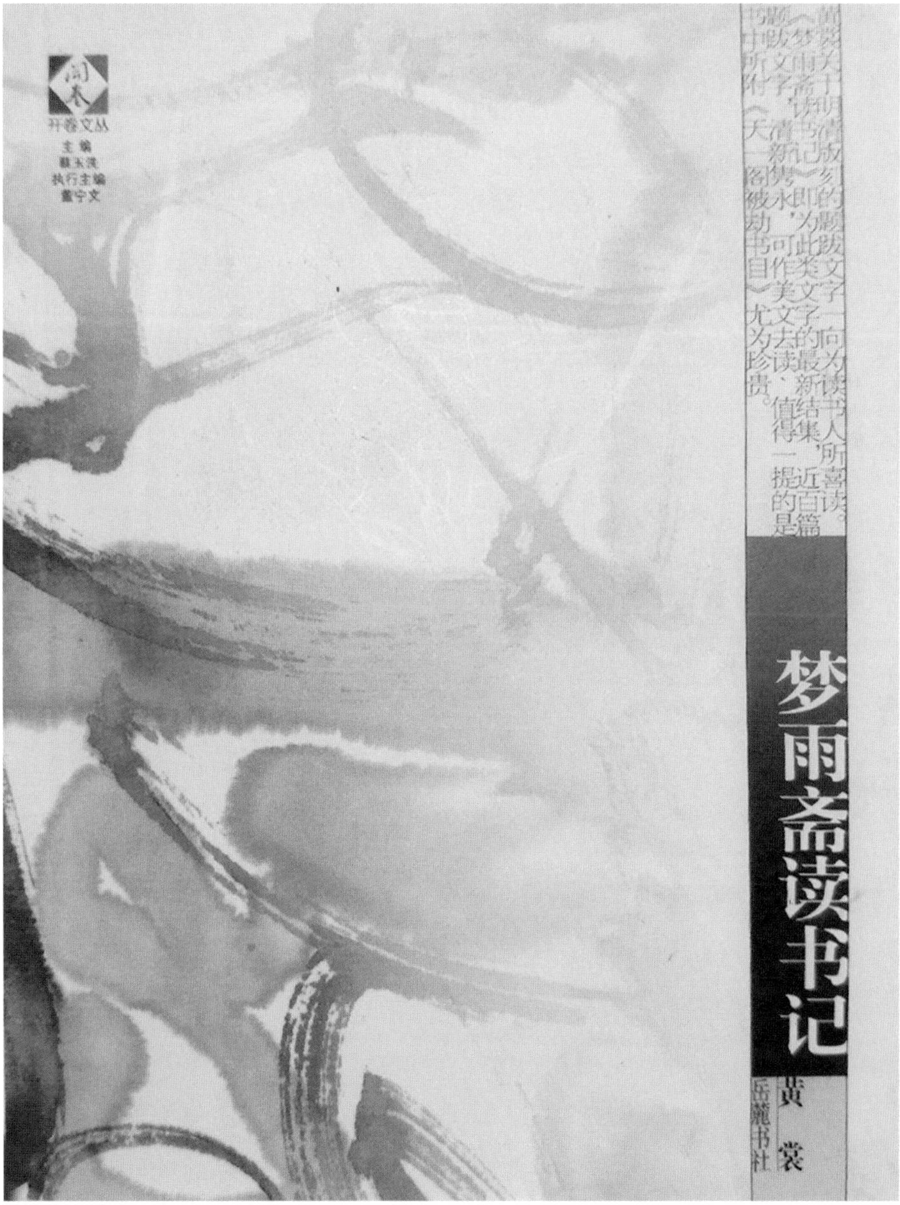

《梦雨斋读书记》2005 年岳麓书社初版 封面

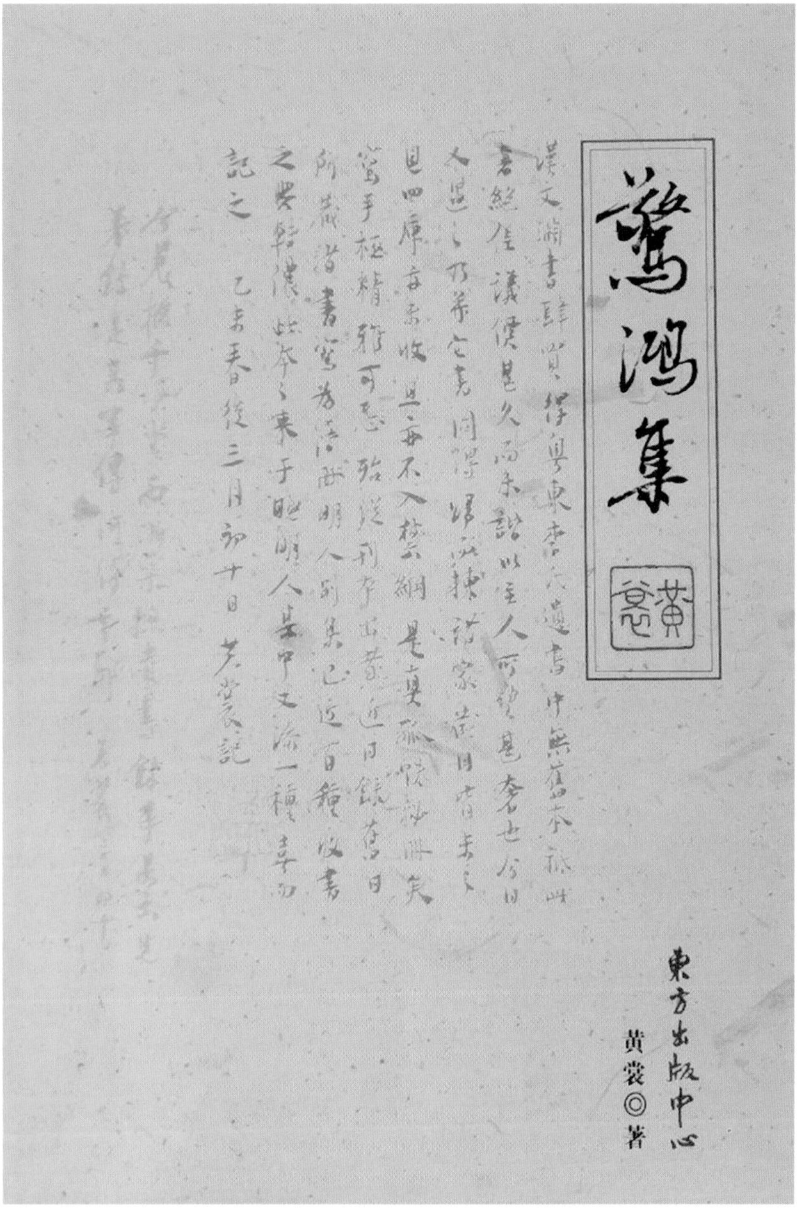

《惊鸿集》2008 年东方出版中心初版 封面

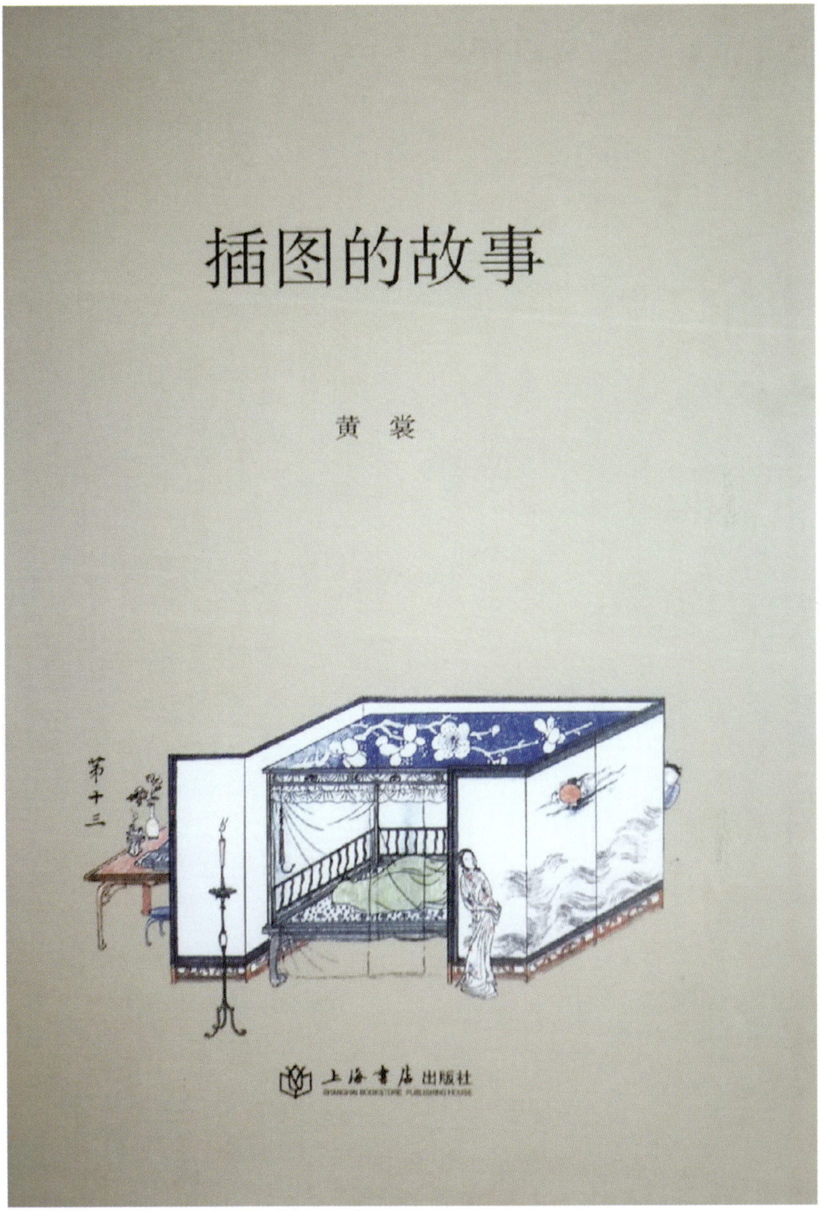

《插图的故事》2006 年上海书店出版社初版 封面

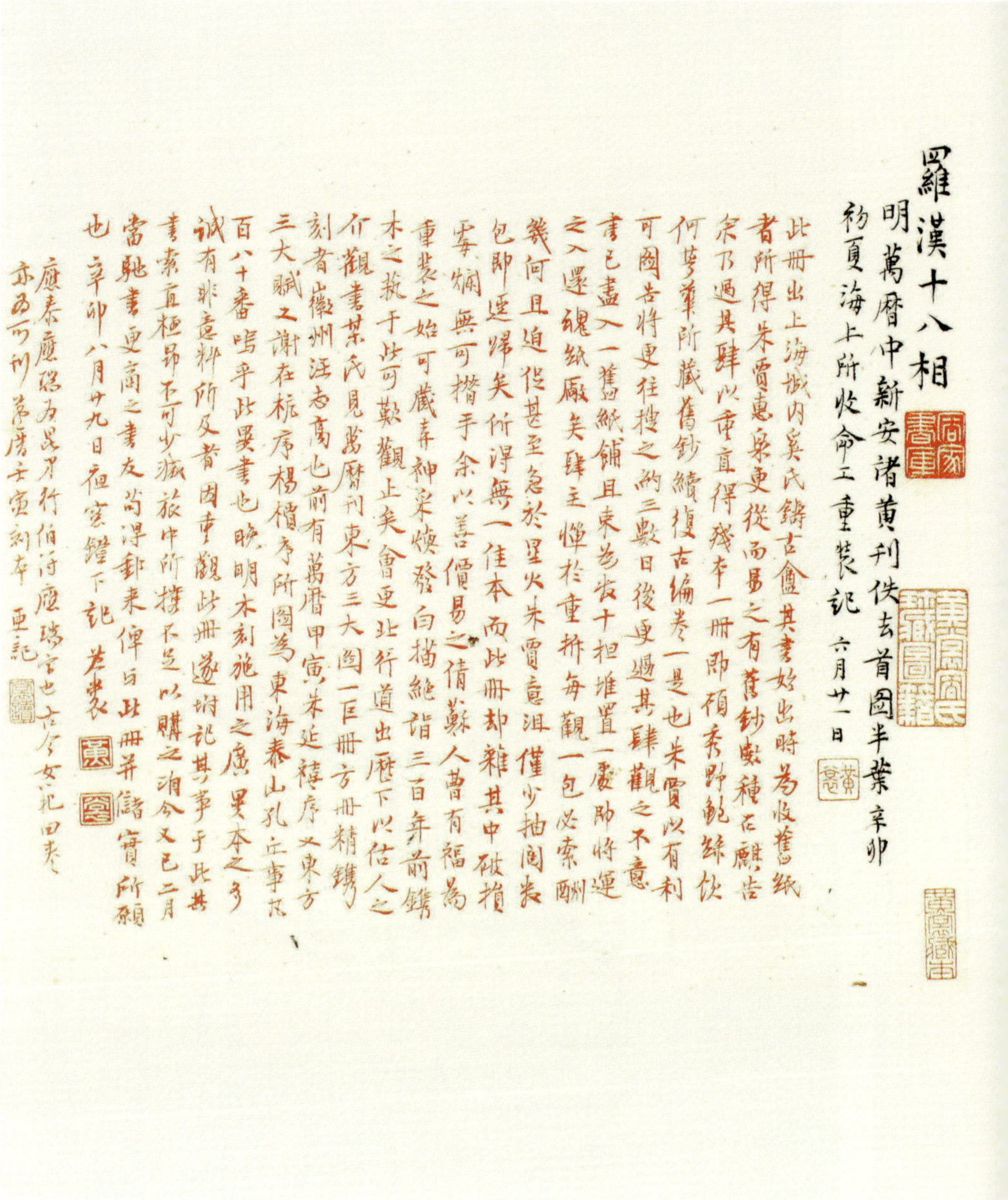
羅漢十八相
明萬曆中新安諸黃刊佚去首圖半葉 辛卯
初夏海上所收命工重裝記 六月廿一日
此冊出上海城內吳氏鑄古廬其書始出時為收舊紙
者所得朱賈惠泉更從而易之有舊鈔數種在[illegible]
余乃過其肆以重直得殘本一冊即顧秀野鮑綠飲
何夢華所藏舊鈔續復古編卷一是也朱賈以有利
可圖告將更往搜之約三數日後更過其肆觀之不意
書已盡入一舊紙鋪且束為十擔堆置一處即將運
之入還魂紙廠矣肆主憚於重拆每觀一包必索酬
幾何且迫促甚至急於星火朱賈意沮僅少抽閱數
包即匿歸矣所得無一佳本而此冊卻雜其中破損
零爛無可措手余以善價易之倩蘇人曹有福為
重裝之始可藏弆神采煥發白描絕詣三百年前鐫
木之技于此可歎觀止矣會吏北行道出歷下以估人之
介觀書某氏見萬曆刊東方三大圖一巨冊方冊精鐫
刻者徽州汪志高也前有萬曆甲寅朱延禧序又東方
三大賦之謝在杭序楊禮亭所圖為東海泰山孔丘事凡
百八十番嗚乎此異書也晚明木刻施用之廣異本之多
誠有非意料所及者因更觀此冊遂附記其事于此其
書索直極昂不可少減旅中所攜不足以購之洎今又已二月
當馳書更商之書友苟得郵來俾與此冊并儲實所願
也辛卯八月廿九日夜寒燈下記 黃裳
應泰應驄為吳門行伯濟應瑞字也古今女史乃田藝
亦為所刊萬曆壬寅刻本 再記

《罗汉十八相》跋

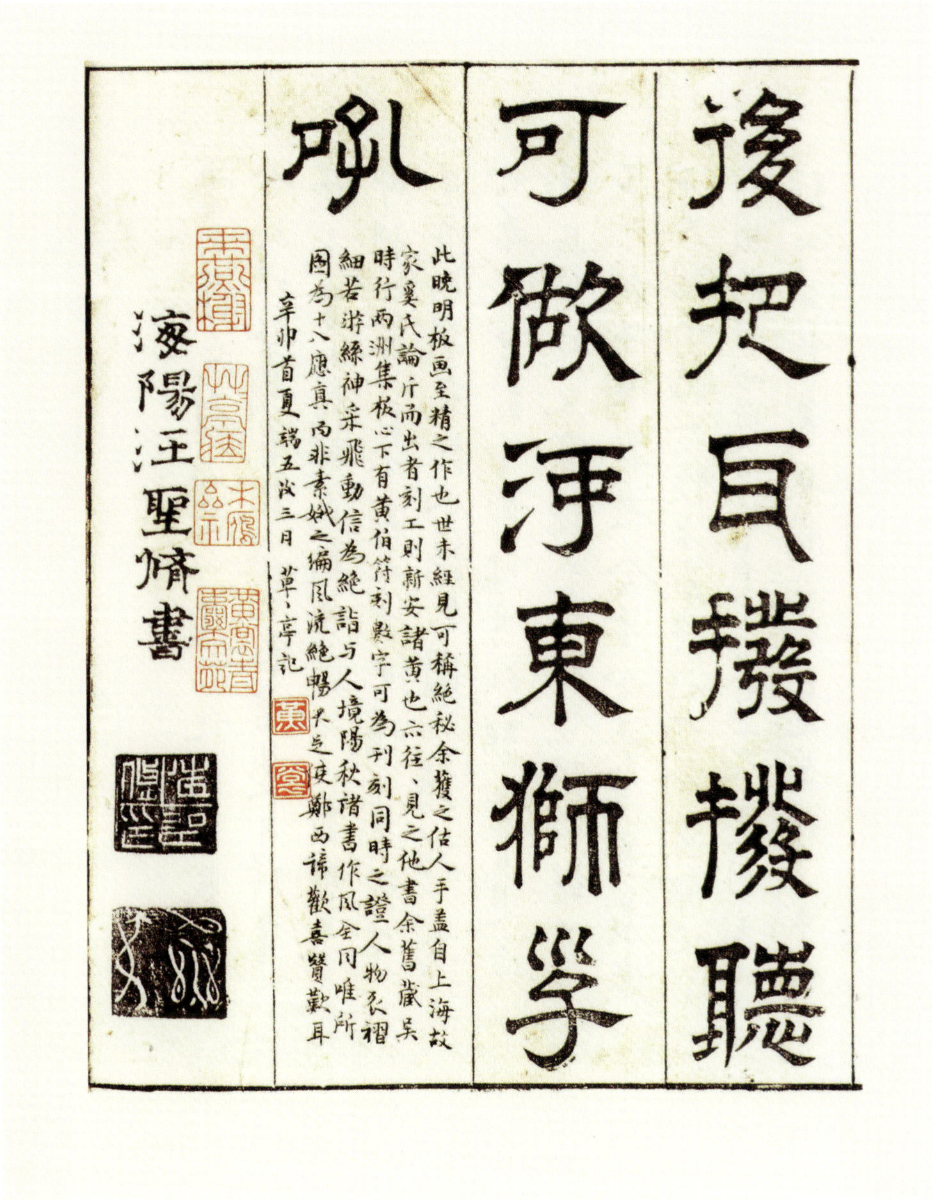

後把耳撥撥聽
可做河東獅學
吼

此晚明板画至精之作也世未經見可稱絶秘余獲之估人手盖自上海故
家奚氏論斤而出者刻工則新安諸黄也亦往、見之他書余舊藏吴
時行兩洲集板心下有黄伯符刻數字可為刊刻同時之證人物衣褶
細若游絲神采飛動信為絶詣与人境陽秋諸書作風全同唯所
圖為十八應真而非素娥之編風流絶暢尤足使鄭西諦歡喜贊歎耳
辛卯首夏端五汝三月　草、亭記

海陽汪聖脩書

《罗汉十八相》书影

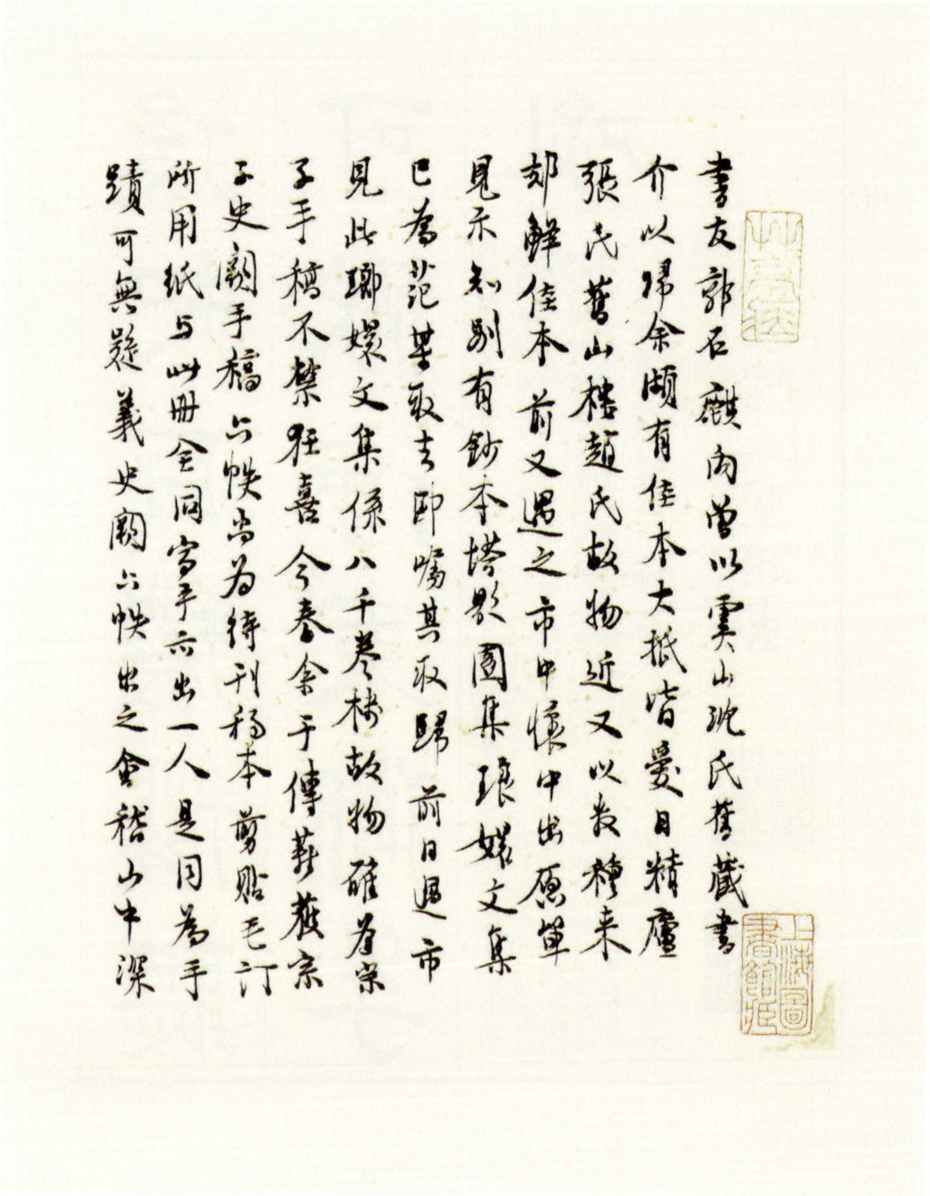
書友郭石麒向曾以雲山沈氏舊藏書
介以歸余頗有佳本大抵皆曼日精廬
張氏舊山樓趙氏故物近又以袁精來
郎解佳本前又過之市中懷中出愿單
見示知别有鈔本搭影園集琅嬛文集
已為范某取去即囑其取歸前日過市
見此琅嬛文集係八千卷樓故物確為宗
子手稿不禁狂喜今春余于傳薪蔡宗
子史閣手稿六帙尚為待刊稿本剪貼毛訂
所用紙与此冊全同字手亦出一人是同為手
蹟可無疑義史閣六帙出之會稽山中深

《琅嬛文集》跋一

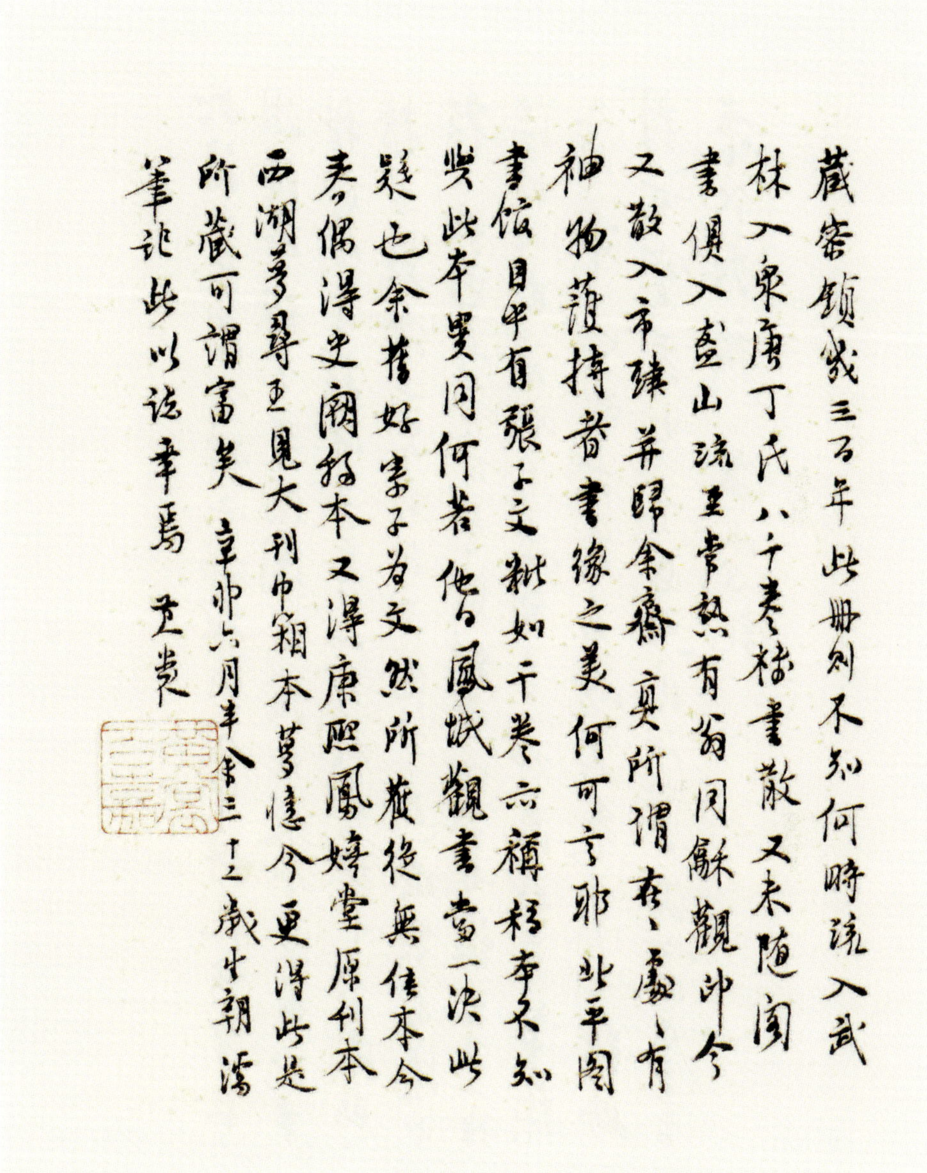
藏密鎖幾三百年此册則不知何時流入武
林入錢唐丁氏八千卷樓書散又未隨閣
書俱入盋山流至常熟有翁同龢觀印今
又散入市肆并歸余齋真所謂冥、冥、有
神物護持者書緣之美何可言耶北平圖
書館目中有張子文秕如干卷六種稿本不知
與此本異同何若他日鳳城觀書當一決此
疑也余嗜好宗子為文然所獲絕無佳本今
春偶得史閣部本又得康熙鳳嬉堂原刊本
西湖夢尋王見大刊巾箱本夢憶今更得此是
所藏可謂富矣　辛卯六月半余三十二歲中朝濤
筆誌此以誌幸焉　芝岩

《琅嬛文集》跋二

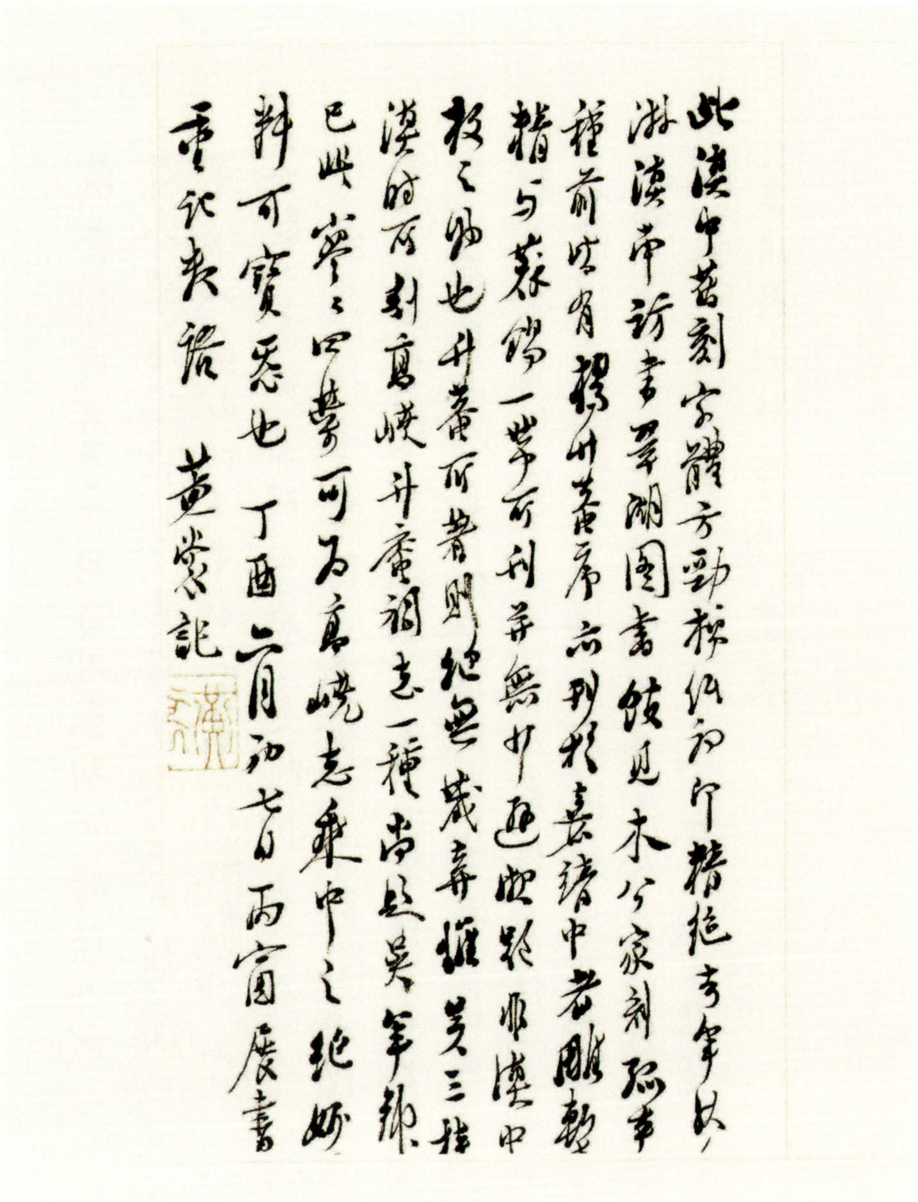

《高峣十二景诗》跋

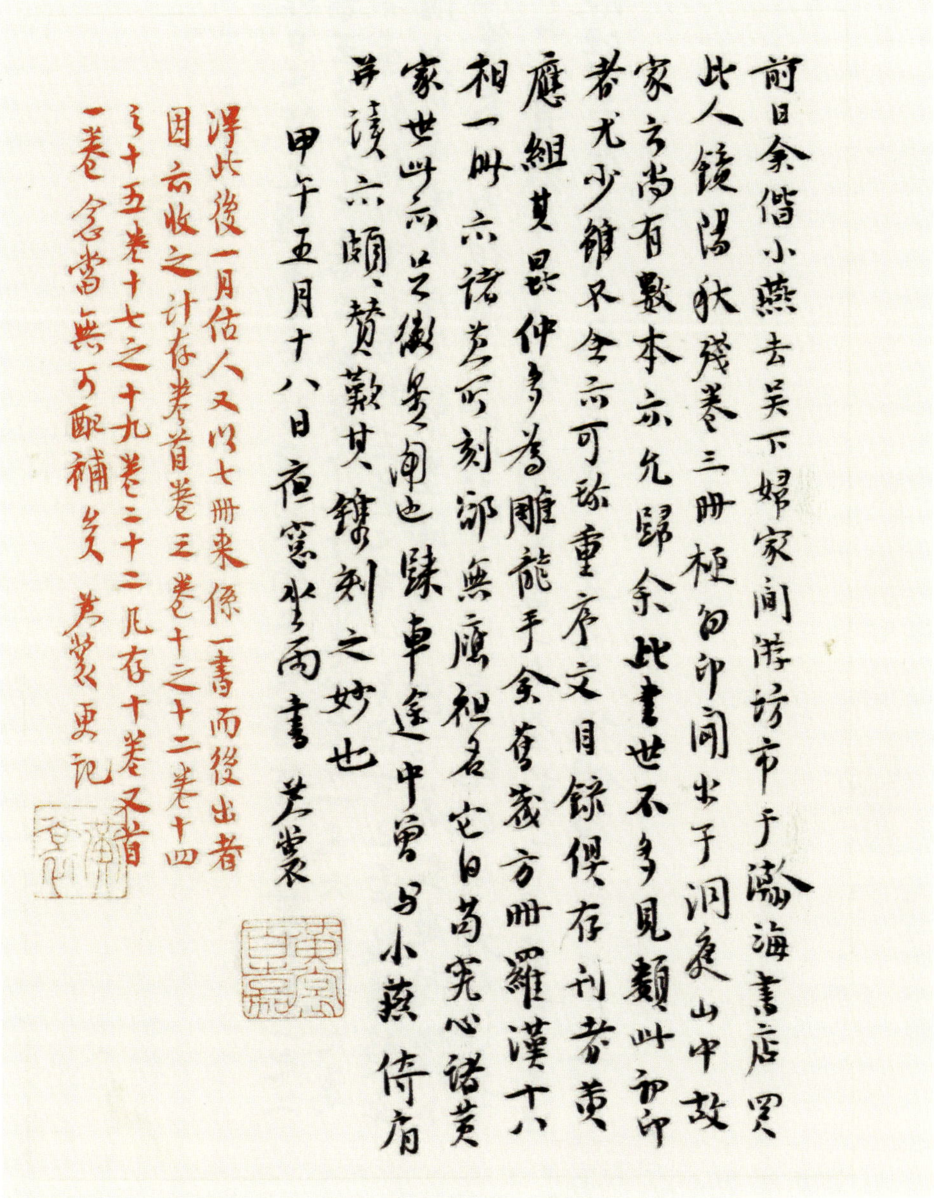
前日余偕小燕去吴下婦家閒游訪市于滄海書店買此人鏡陽秋殘卷三冊板印間出于洞庭山中故家亦尚有數本亦允歸余此書世不多見類此初印者尤少雖不全亦可珍重序文目錄僅存刊者黄應組黄晟仲多爲雕龍手余舊蔵方冊羅漢十八相一冊亦諸黄所刻郡無應祖名它日苟究心諸黄家世此亦足徵其聞也 隸車途中曾與小燕 侍肩共讀六頓贊歎其鏤刻之妙也

甲午五月十八日夜窗燈雨書 芙裳

浮此後一月估人又以七冊來係一書而後出者因亦收之計存卷首卷三卷十二之十二卷十四之十五卷十七之十九卷二十二凡存十卷又首一卷餘當無可配補矣 芙裳更記

《人镜阳秋》跋一

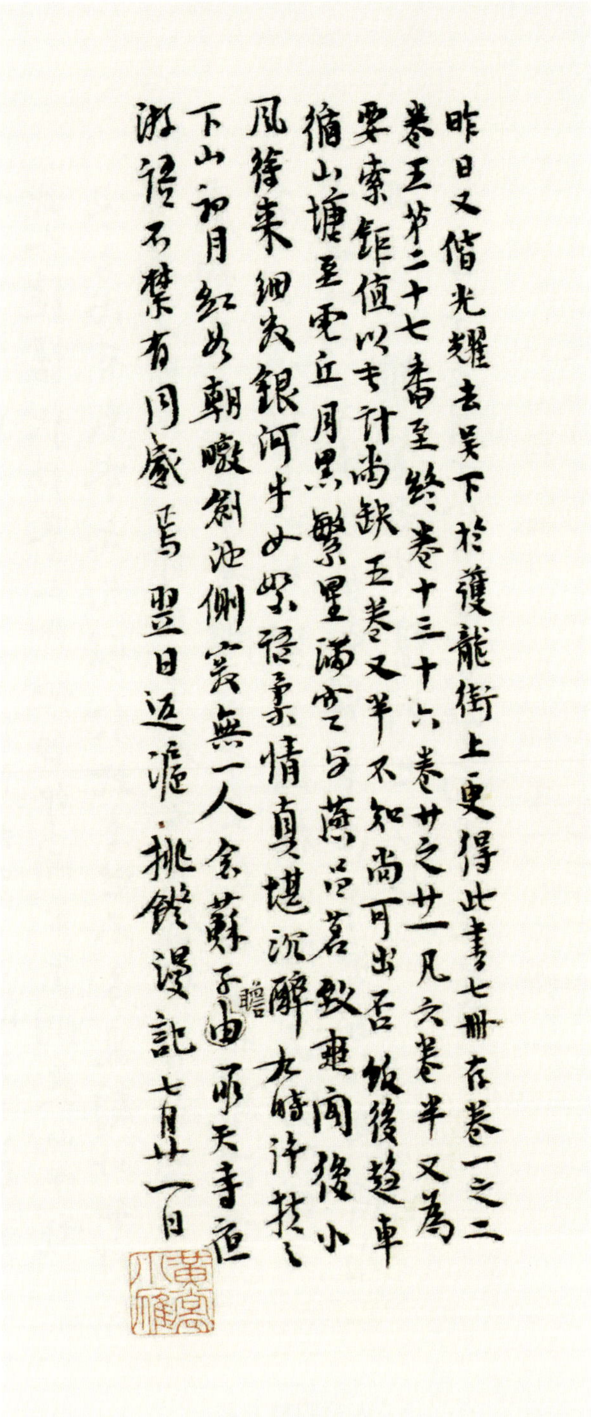
昨日又偕光耀去吴下，於護龍街上更得此書七册，在卷一之二、卷五第二十七番至終、卷十三、十六、卷廿之廿一，凡六卷半。又爲要索鉅值，以十計尚缺五卷又半，不知尚可出否。飯後趋車循山塘至虎丘，月黑，繁星滿空，与蕙品茗，致趣，闻後，小風徐來，細衣銀河，牛女絮語，柔情真堪沉醉。九時許携之下山，初月紅如朝暾，劍池側寂無一人。余蘇子瞻承天寺夜游語，不禁有同感焉。翌日返滬，挑燈漫記。七月廿一日

《人镜阳秋》跋二

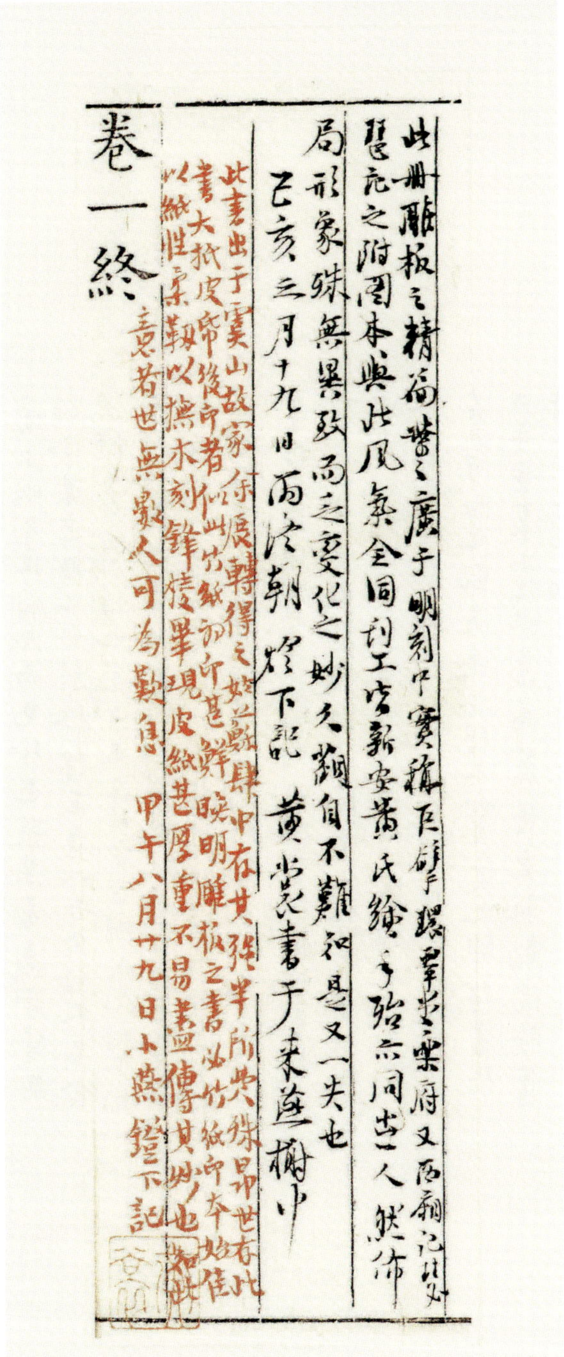
此冊雕板之精當之廣于明刻中實稀有近時環翠堂樂府又西廂記
琵琶記之附圖本與此風氣全同刻工皆新安黃氏殆亦同出一人然佈
局形象殊無異致而變化之妙久觀自不難知是又一失也
己亥三月十九日雨後朝燈下記　黃裳書于來燕榭中
此書出于虞山故家余展轉得之始於肆中存其殘半所典殊異即世有此
書大抵皆後印者似此竹紙初印甚鮮映明雕板之書必竹紙印本始佳
以紙性柔韌以擬木刻鋒棱畢現皮紙甚厚重不易盡傳其妙也此
意若世無數人可為歎息　甲午八月廿九日小燕燈下記
卷一終

《人镜阳秋》跋三

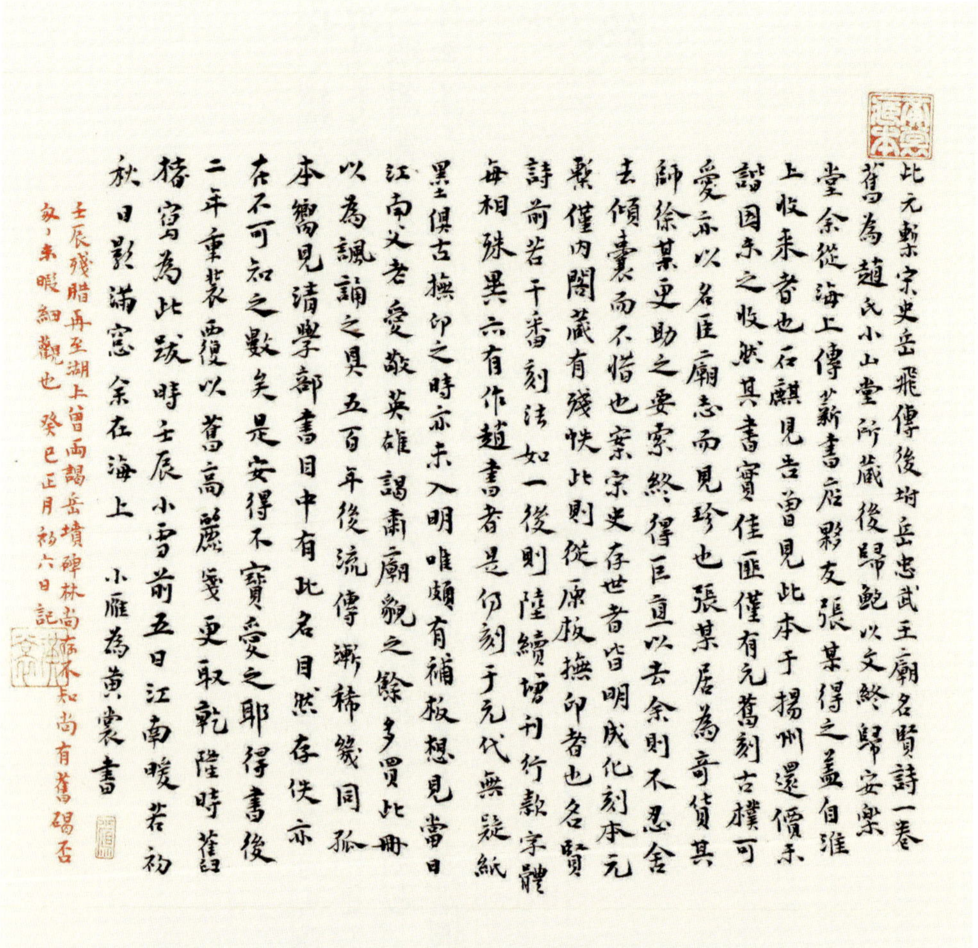
此元槧宋史岳飛傳後坿岳忠武王廟名賢詩一卷
舊為趙氏小山堂所藏後歸鮑以文終歸安樂
堂余從海上傳薪書店影友張某得之蓋自淮
上收來者也石麒見告曾見此本于揚州還價未
諧因未之收然其書實佳匪僅有元舊刻古樸可
愛亦以名臣廟志而見珍也張某居為奇貨其
師徐某更助之要索終得巨值以去余則不忍舍
去傾囊而不惜也案宋史存世者皆明成化刻本元
槧僅內閣藏有殘帙此則從原板摹印者也名賢
詩前若干番刻法如一後則陸續增刊行款字體
每相殊異亦有作趙書者是仍刻于元代無疑紙
墨俱古摹印之時亦未入明唯頗有補板想見當日
江南父老愛敬英雄謁肅廟貌之餘多買此冊
以為諷誦之具五百年後流傳漸稀幾同孤
本獨見清學部書目中有此名目然存佚亦
在不可知之數矣是安得不寶愛之耶得書後
二年重裝西復以舊高麗箋更取乾隆時舊
楮寫為此跋時壬辰小雪前五日江南暖若初
秋日影滿窗余在海上 小雁為黃裳書
壬辰殘臘再至湖上曾兩謁岳墳碑林尚存不知尚有舊碣否
匆匆未暇細觀也 癸巳正月初六日記

《宋史·岳飞传》卷首题跋

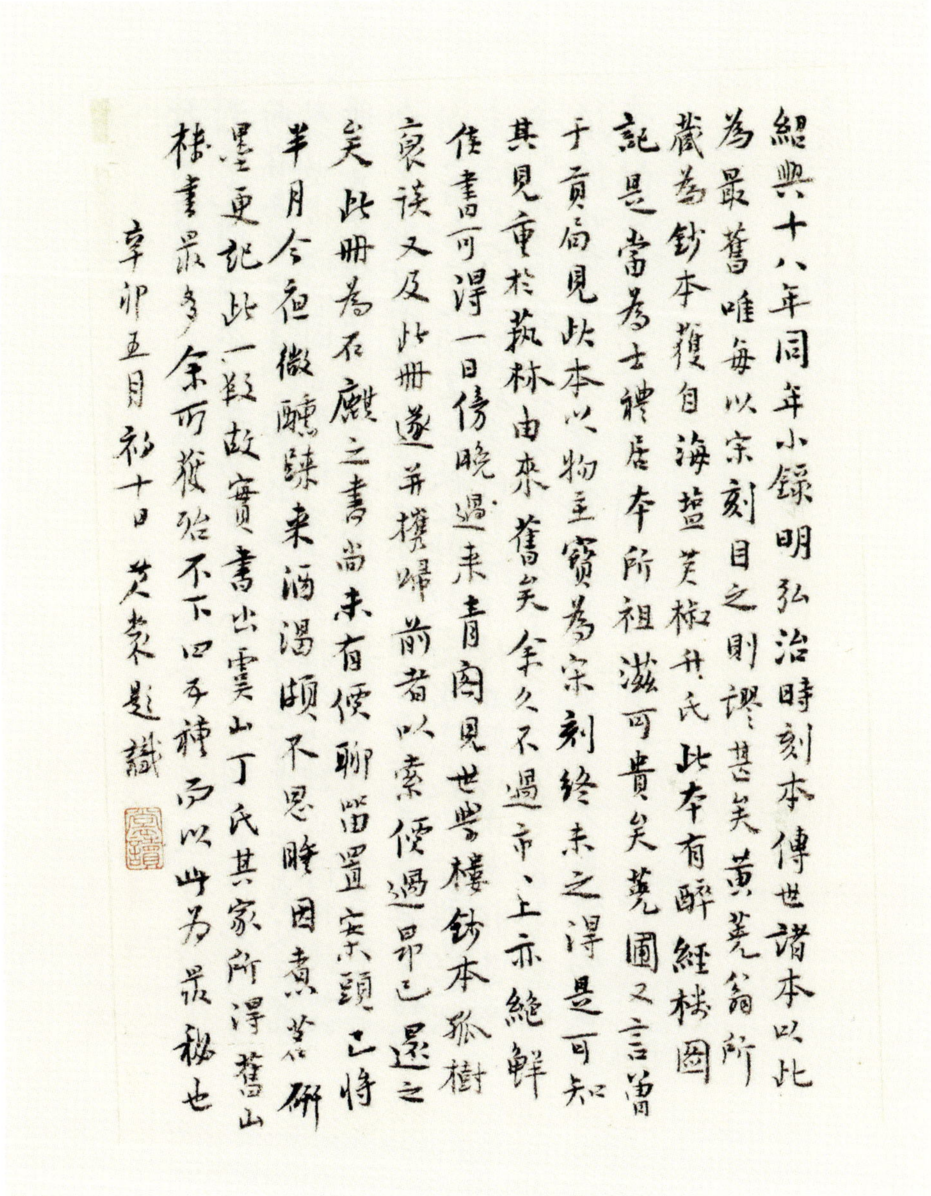
紹興十八年同年小錄明弘治時刻本傳世諸本以此為最舊唯每以宋刻目之則謬甚矣黃蕘翁所藏為鈔本獲自海鹽芙椒升氏此本有醉經樓圖記是當為士禮居本所祖滋可貴矣蕘圃又言曾于賈肆見此本以物主寶為宋刻終未之得是可知其見重於藝林由來舊矣余久不過市上亦絕鮮佳書可得一日傍晚過來青閣見世學樓鈔本孫樹裒談又及此冊遂并攜歸前者以索價過昂已還之矣此冊為不匱之書當未有便聊留置案頭已將半月今夜微醺歸來酒渴頓不思睡因煮茗研墨更記此一段故實書出雲山丁氏其家所得舊山樓書最多余所獲殆不下四五種而以此為最秘也

辛卯五月初十日 芝棻題識

《绍兴十八年同年小录》跋

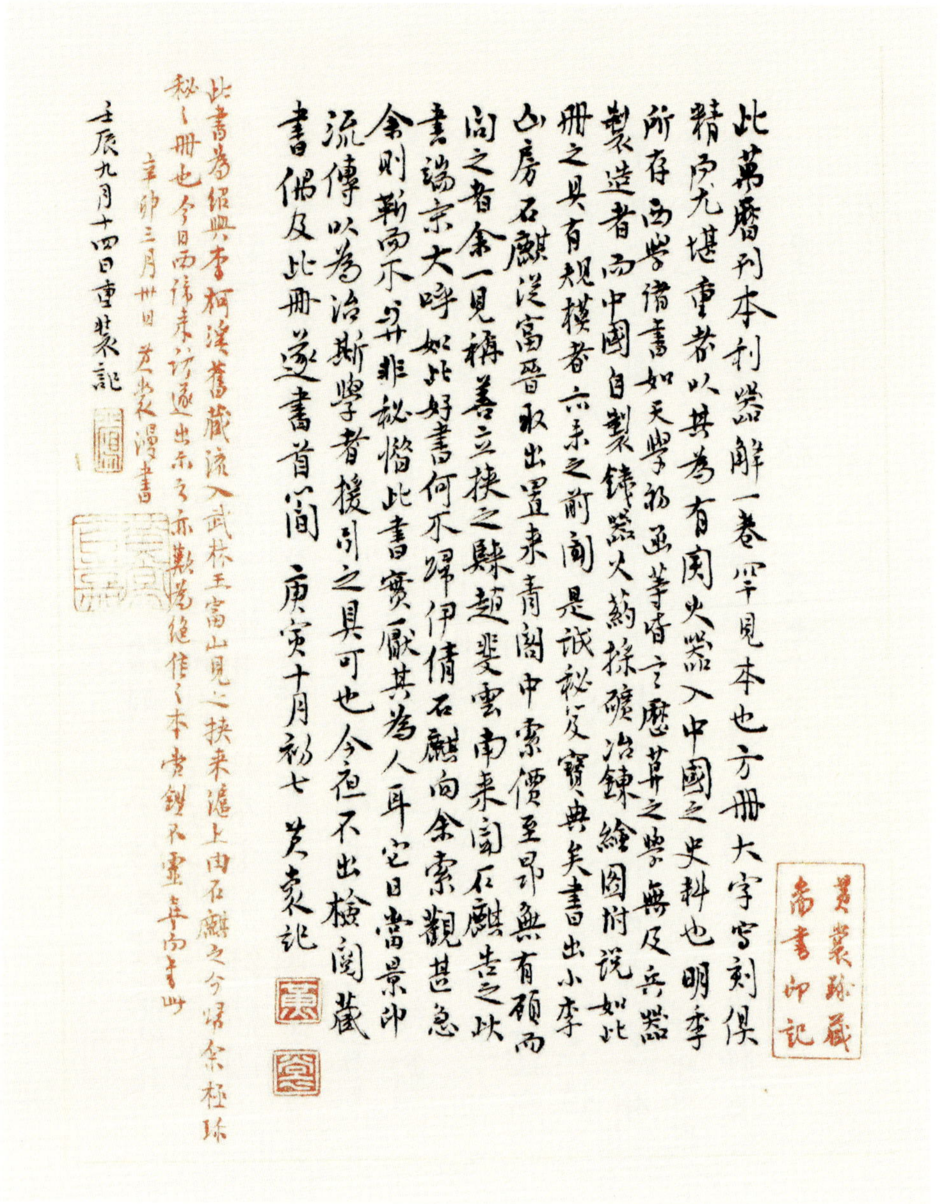
此萬曆刊本利器解一卷罕見本也方冊大字寫刻俱
精尤堪重者以其為有關火器入中國之史料也明季
所存西學備書如天學初函等皆言歷算之學無及兵器
製造者而中國自製銃器火藥採礦冶鍊繪圖附說如此
冊之具有規模者亦未之前聞是誠秘笈寶典矣書出小李
山房石麒從富晉取出置來青閣中索價至昂無有顧而
問之者余一見稱善立挾之歸趙斐雲南來訪石麒告之以
書端宗大呼如此好書何不歸伊倩石麒向余索觀甚急
余則靳而不與非秘惜此書實厭其為人耳它日當景印
流傳以為治斯學者援引之具可也今但不出檢閱藏
書偶及此冊遂書首簡 庚寅十月初七 黃裳記
黃裳藏書印記
此書為紹興李柯溪舊藏流入武林王富山見之挾來滬上由石麒之介歸余極珍
秘之冊也今日西諦來訪遂出示之亦歎為絕作之本貴鉅不靈喜而書此
辛卯三月卅日 黃裳漫書
壬辰九月十四日重裝記

《利器解》跋

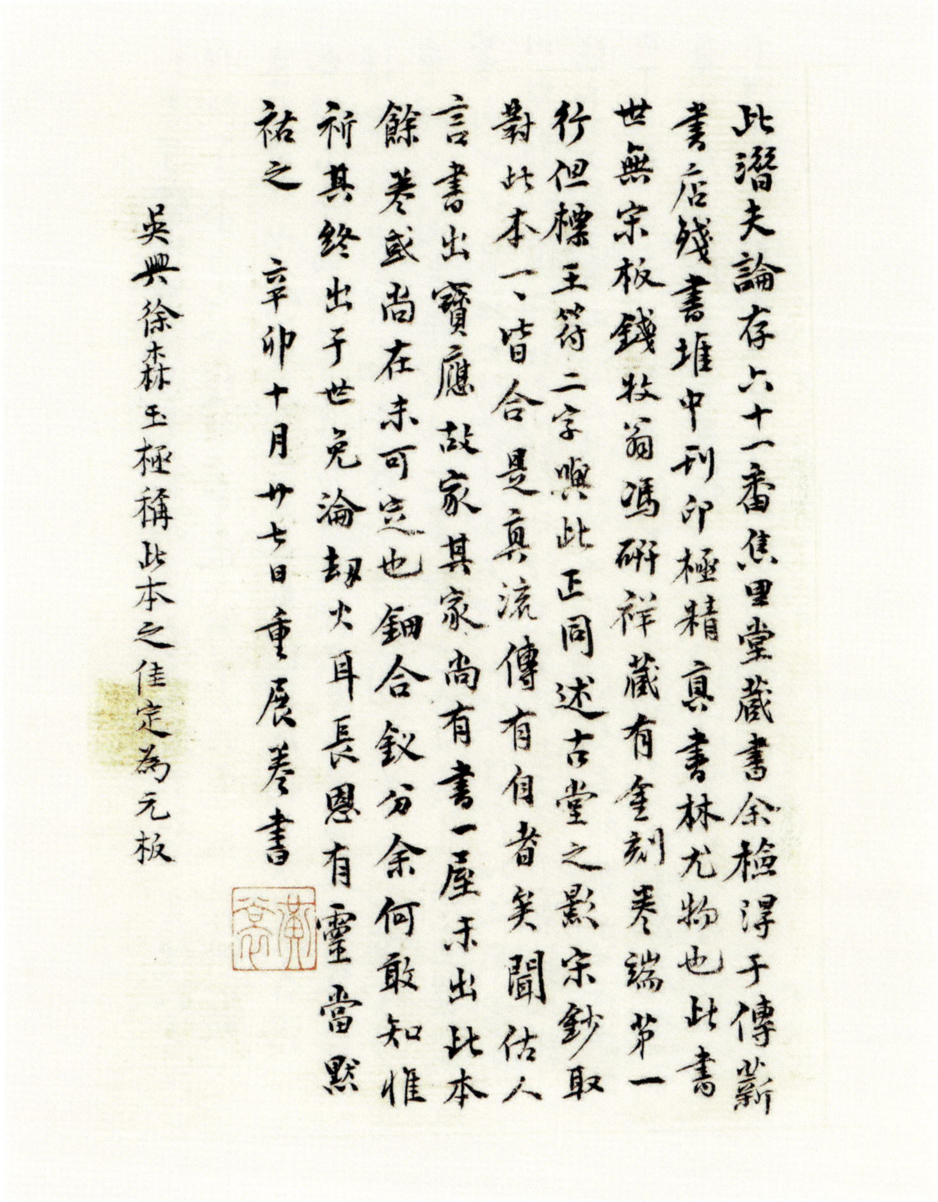

此潛夫論存六十一番焦里堂藏書余檢得于傳薪書店殘書堆中刊印極精真書林尤物也此書世無宋板錢牧翁馮研祥藏有金刻卷端第一行但標王符二字與此正同述古堂之影宋鈔取對此本一一皆合是真流傳有自者矣聞估人言書出寶應故家其家尚有書一屋未出此本餘卷或尚在未可定也鈿合釵分余何敢知惟祈其終出于世免淪劫火耳長恩有靈當默祐之

辛卯十月廿七日重展卷書

吳興徐森玉極稱此本之佳定為元板

《潜夫论》跋

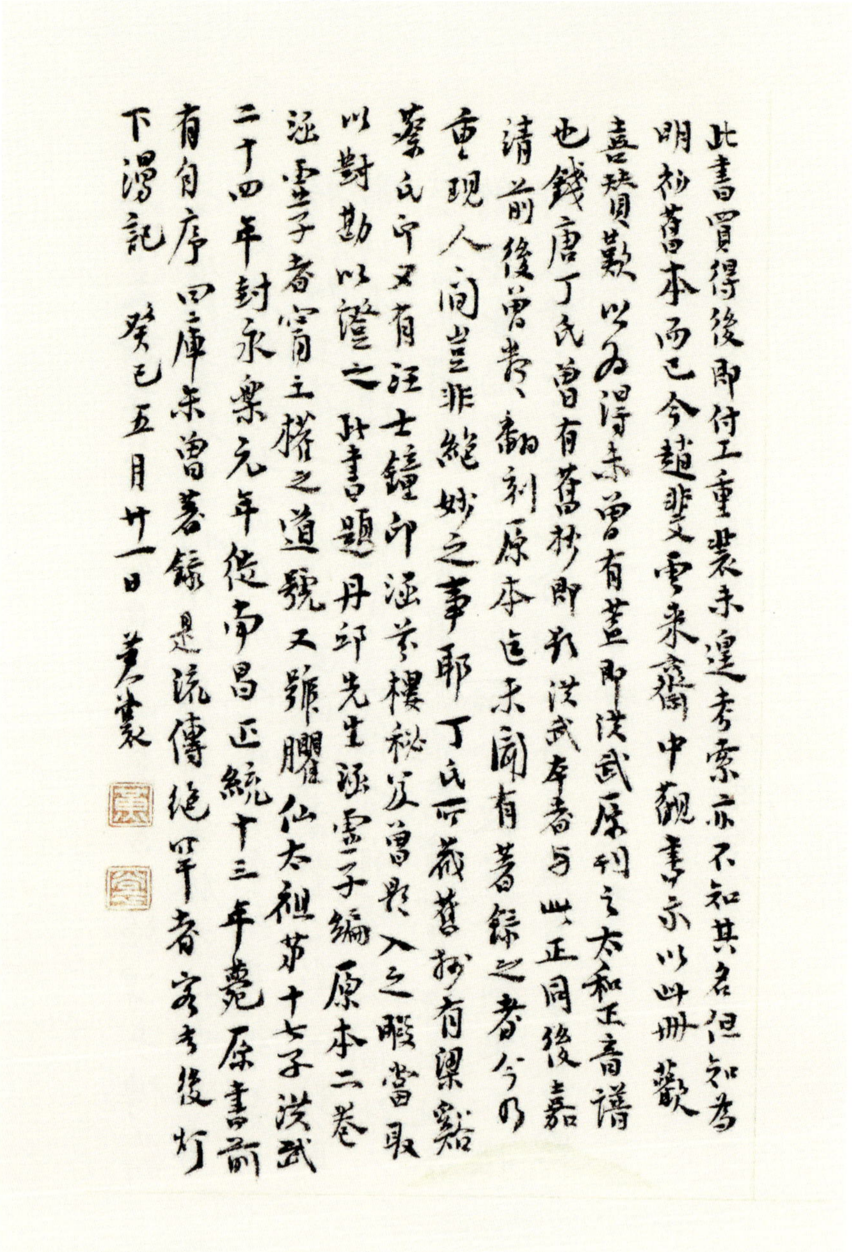
此書買得後即付工重裝未還考索亦不知其名但知為
明初舊本而已今趙斐雲来齋中翻書亦以此冊歡
喜贊歎以為得未曾有蓋即洪武原刊之太和正音譜
也錢唐丁氏曾有舊抄即從洪武本寫與此正同後嘉
靖前後曾數數翻刻原本遂未聞有著録之者今乃
重現人間豈非絕妙之事耶丁氏所藏舊抄有梁谿
蔡氏印又有汪士鐘印涵芬樓秘笈曾影入之暇當取
以對勘以證之 此書題丹邱先生涵虛子編原本二卷
涵虛子者寧王權之道號又號臞仙太祖第十七子洪武
二十四年封永樂元年徙南昌正統十三年薨原書前
有自序 四庫未曾著録 是流傳絕少者 寫書後灯
下漫記 癸巳五月廿一日 黃裳

《太和正音谱》跋一

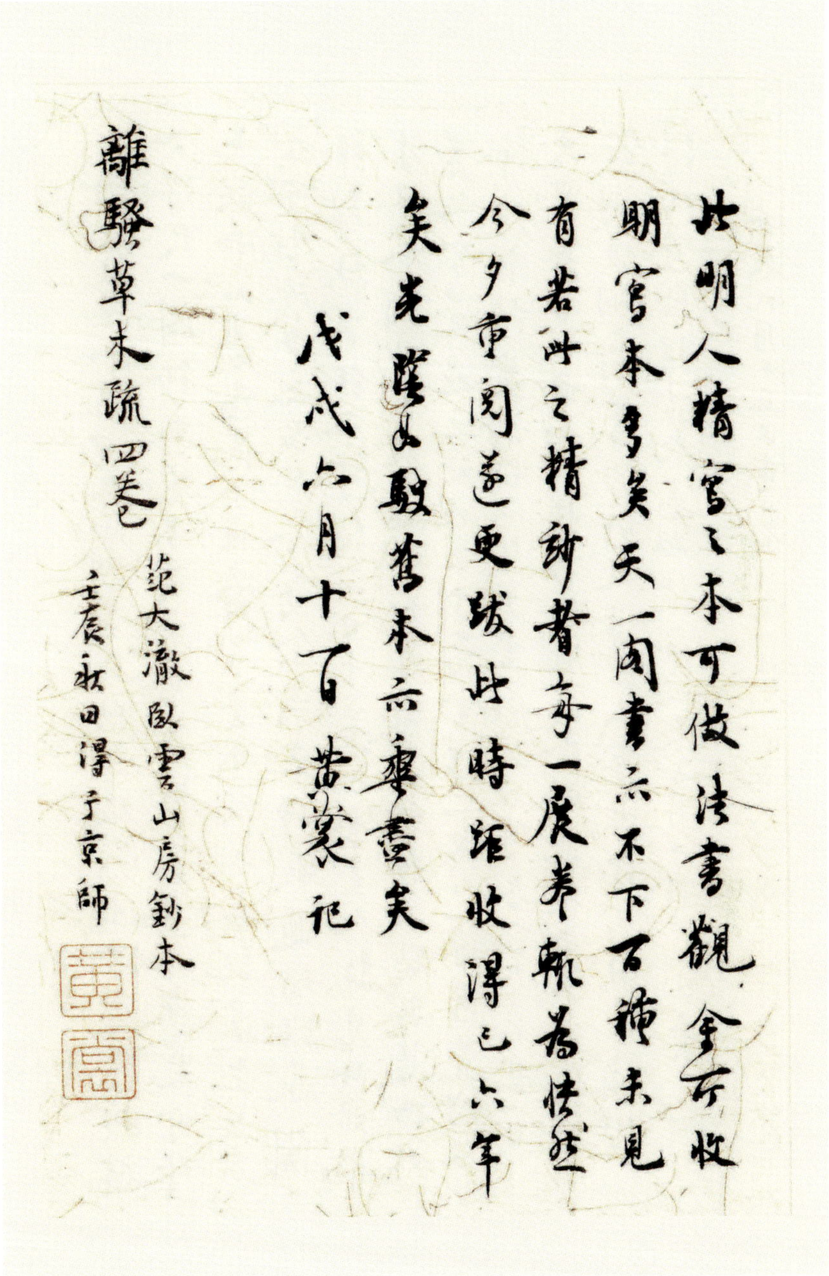
此明人精寫之本，可做法書觀。余所收明寫本多矣，天一閣書亦不下百種，未見有若此之精鈔者。每一展卷，輒為悵然。今夕重閱，遂更跋此。時距收得已六年矣。光陰如駛，舊本亦垂盡矣。戊戌六月十日黃裳記

離騷草木疏四卷
范大澈臥雲山房鈔本
壬辰秋日得于京師

黃裳

《离骚草木疏》封面题记

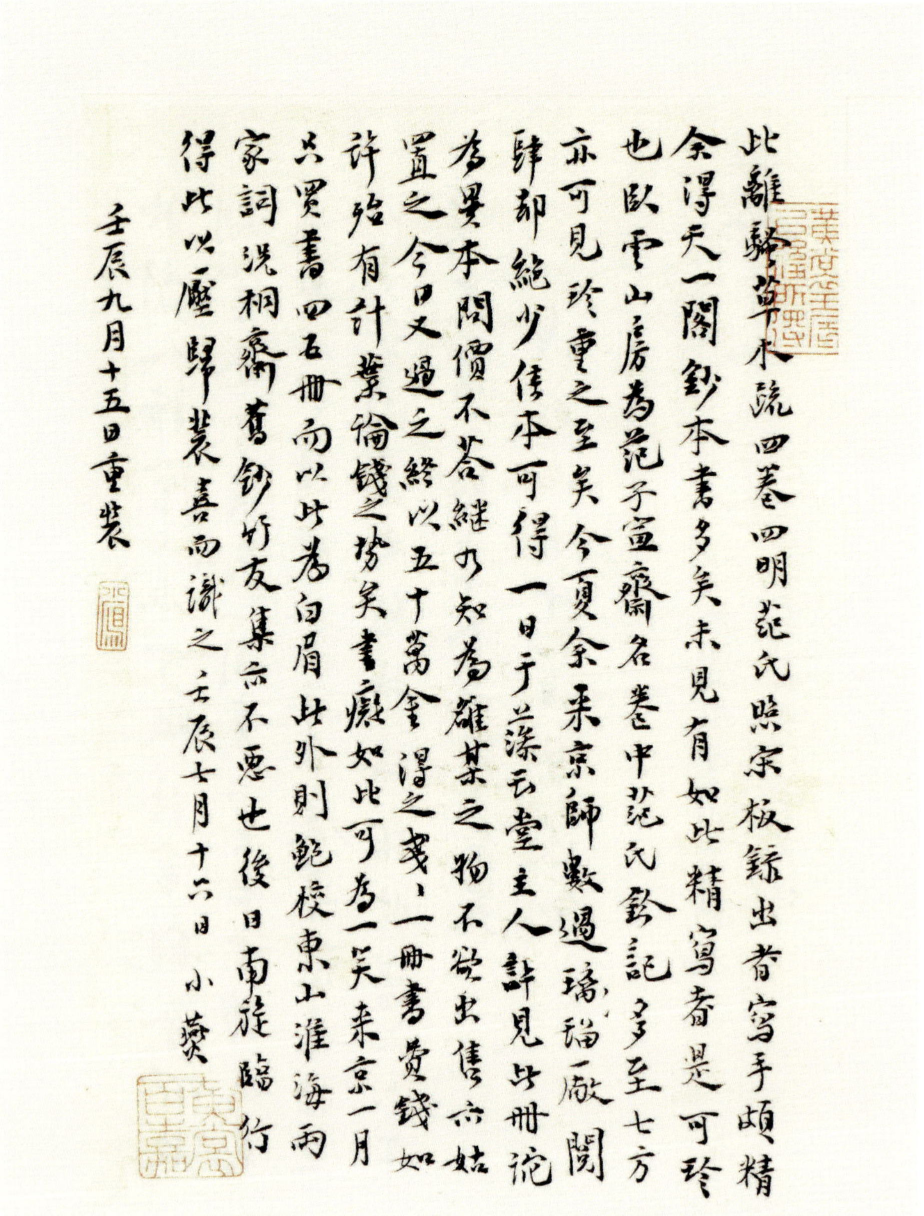
此離騷草木疏四卷四明范氏照宋板録出者寫手頗精
余得天一閣鈔本書多矣未見有如此精寫者是可珍
也臥雲山房為范子宣齋名卷中范氏鈐記多至七方
亦可見珍重之至矣今夏余來京師數過璃瑠廠閱
肆都絕少佳本可得一日于藻云堂主人許見此冊詫
為異本問價不答繼乃知為雜某之物不欲出售亦姑
置之今日又過之終以五十萬金得之戔戔一冊書費錢如
許殆有計葉論錢之勢矣書癡如此可為一笑來京一月
只買書四五冊而以此為白眉此外則鮑校東山淮海兩
家詞洗桐齋舊鈔竹友集亦不惡也後日南旋臨行
得此以壓歸裝喜而識之 壬辰七月十六日 小燕
壬辰九月十五日重裝

《离骚草木疏》跋一

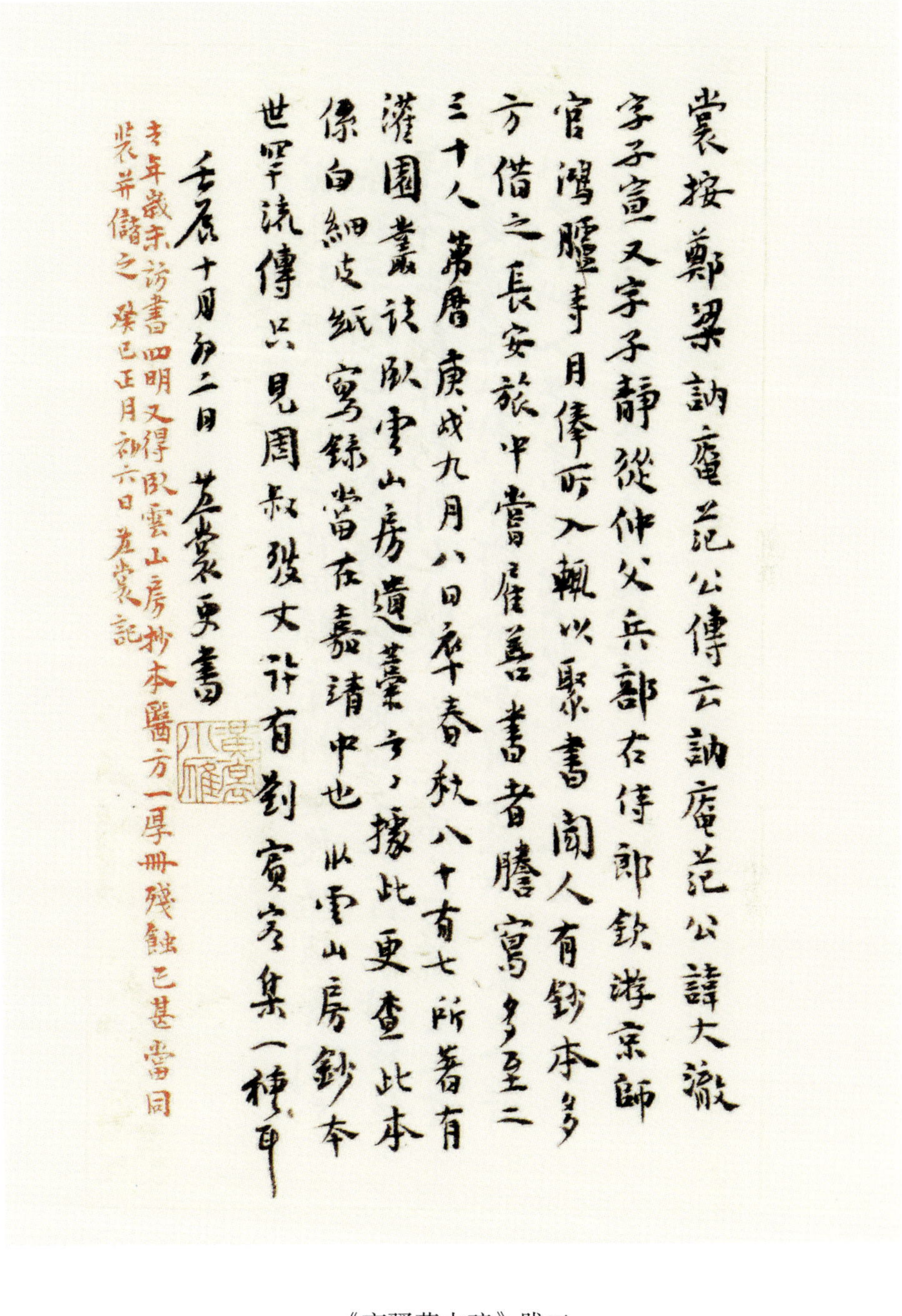
裳按鄭梁訥庵范公傳云訥庵范公諱大澈字子宣又字子靜從仲父兵部右侍郎欽游京師官鴻臚寺月俸所入輒以聚書聞人有鈔本多方借之長安旅中嘗僱善書者謄寫多至二三十人萬曆庚戌九月八日卒春秋八十有七所著有灌園叢話臥雲山房遺藁云云據此更查此本係白細皮紙寫錄當在嘉靖中也臥雲山房鈔本世罕流傳只見周叔弢丈許有劉賓客集一種耳

壬辰十月初二日 莪裳更書

去年歲末訪書四明又得臥雲山房抄本醫方一厚冊殘蝕已甚當同裝并儲之 癸巳正月初六日 莪裳記

《离骚草木疏》跋二

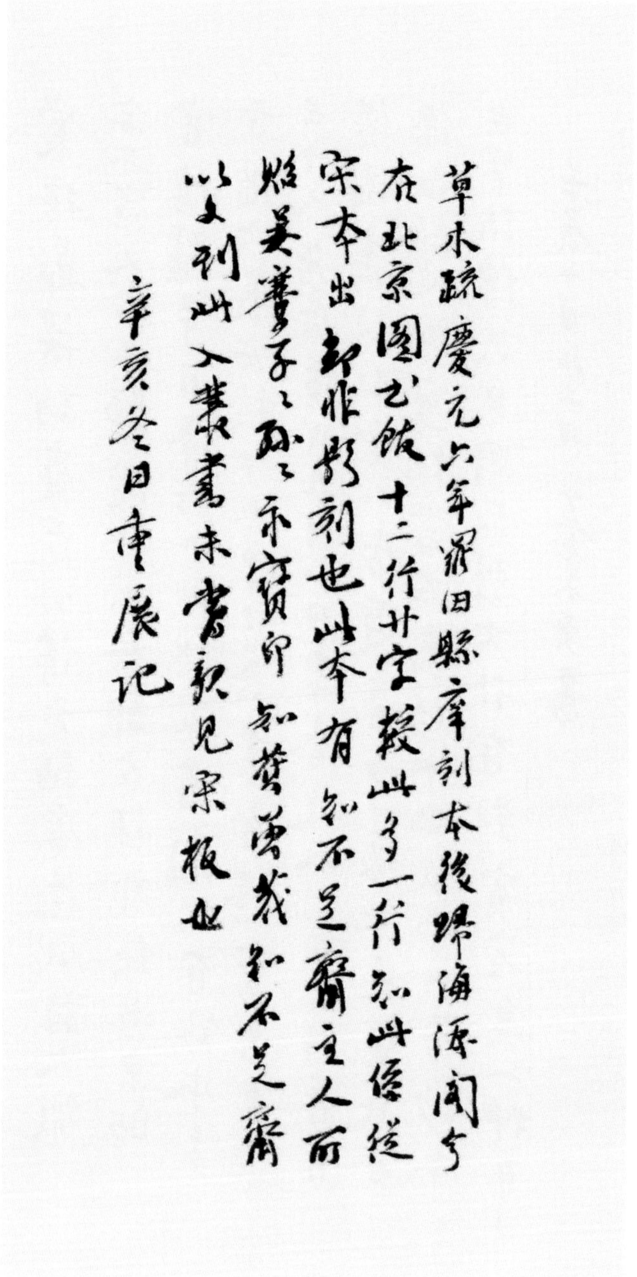

《离骚草木疏》跋三

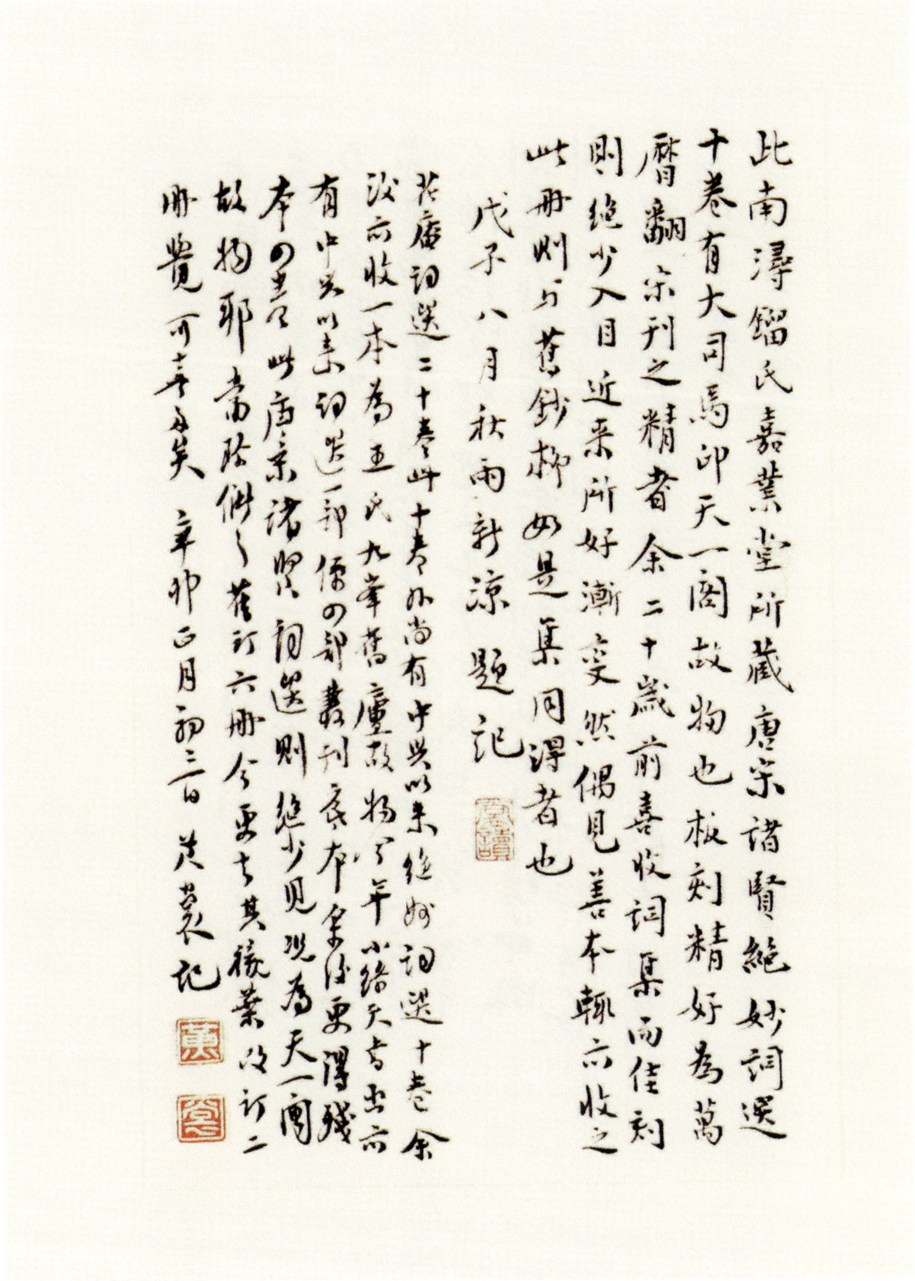

此南潯劉氏嘉業堂所藏唐宋諸賢絕妙詞選十卷有大司馬印天一閣故物也板刻精好為萬曆翻宋刊之精者余二十歲前喜收詞集而佳刻則絕少入目近來所好漸變然偶見善本輒亦收之此冊則與舊鈔柳如是集同得者也

戊子八月秋雨新涼題記

花庵詞選二十卷此十卷外尚有中興以來絕妙詞選十卷余汲亦收一本為王氏九峯舊廬故物丁年小綠天書出亦有中興以來詞選一部係四部叢刊底本余後更得殘本四卷此唐宋諸賢詞選則絕少見况為天一閣故物耶當珍惜之舊訂六冊今更去其襯葉改訂二冊覺可喜多矣 辛卯正月初三日 黃裳記

《唐宋诸贤绝妙词选》跋

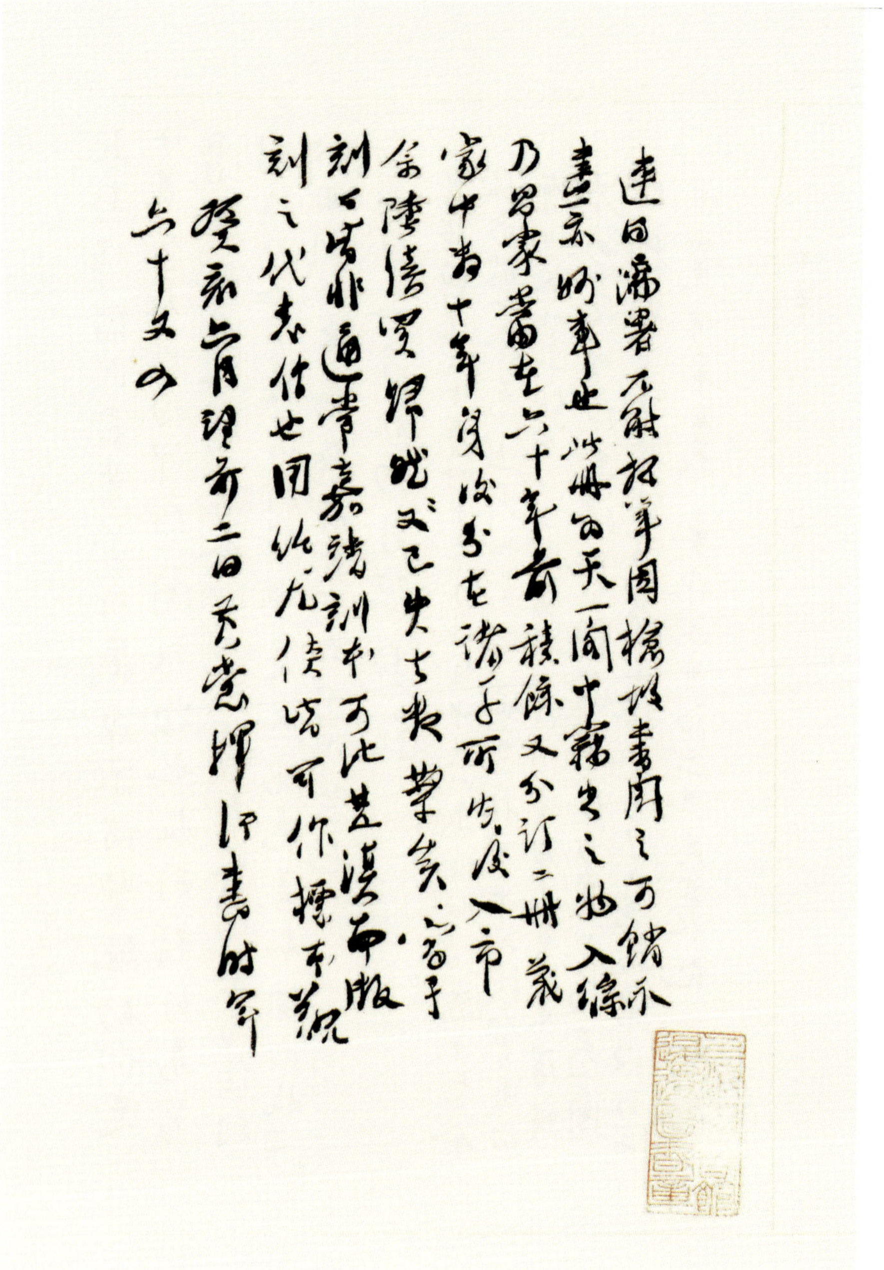

《杨升庵诗》跋

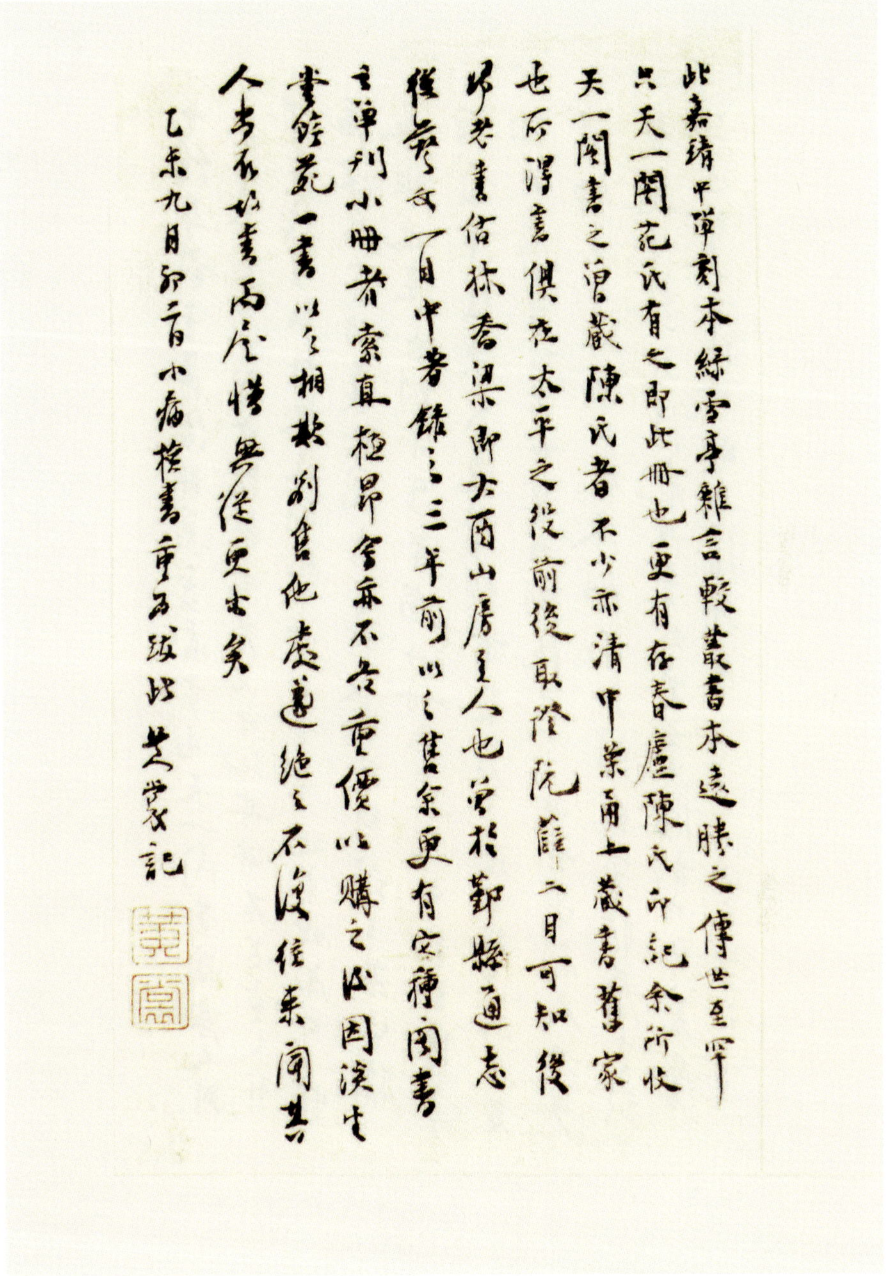

此嘉靖中華刻本綠雪亭雜言較叢書本遠勝之傳世至罕
只天一閣范氏有之即此冊也更有存春廬陳氏所記余所收
天一閣書之曾藏陳氏者不少亦清中葉甬上藏書舊家
也所得書俱在太平之役前後取證阮薛二目可知後
歸老書估林春渠即大酉山房主人也曾於鄞縣通志
從藝文目中著錄之三年前以之售余更有安穆閣書
主華刊小冊者索直極昂余亦不吝重價以購之以因淡生
堂餘苑一書以之相校則售他處遂絕之不復往來聞其
人尚存好書而屁惜無從更出矣
乙未九月初二日小病檢書重為跋此 芸堂記

《绿雪亭杂言》跋

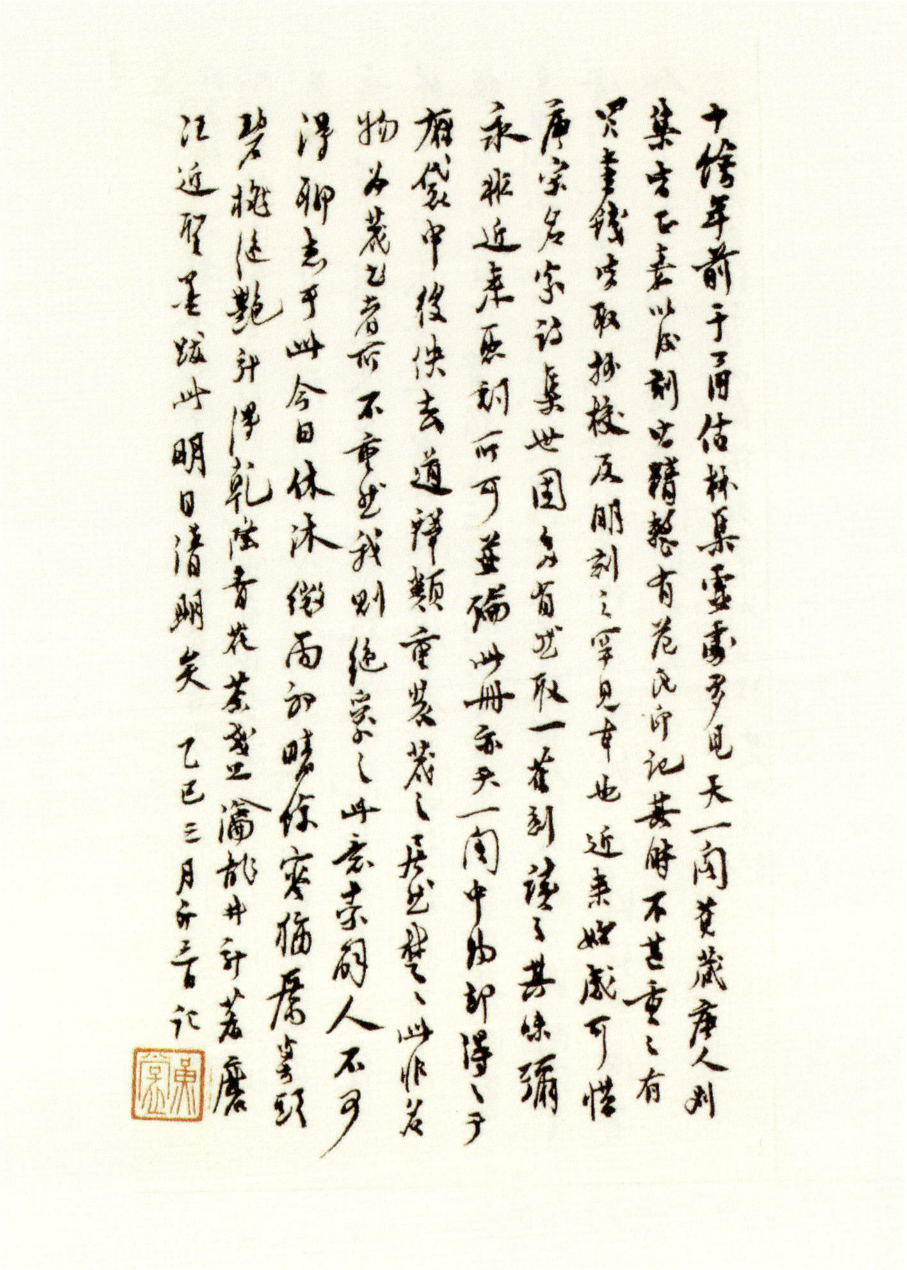

《类编唐诗七言绝句》跋

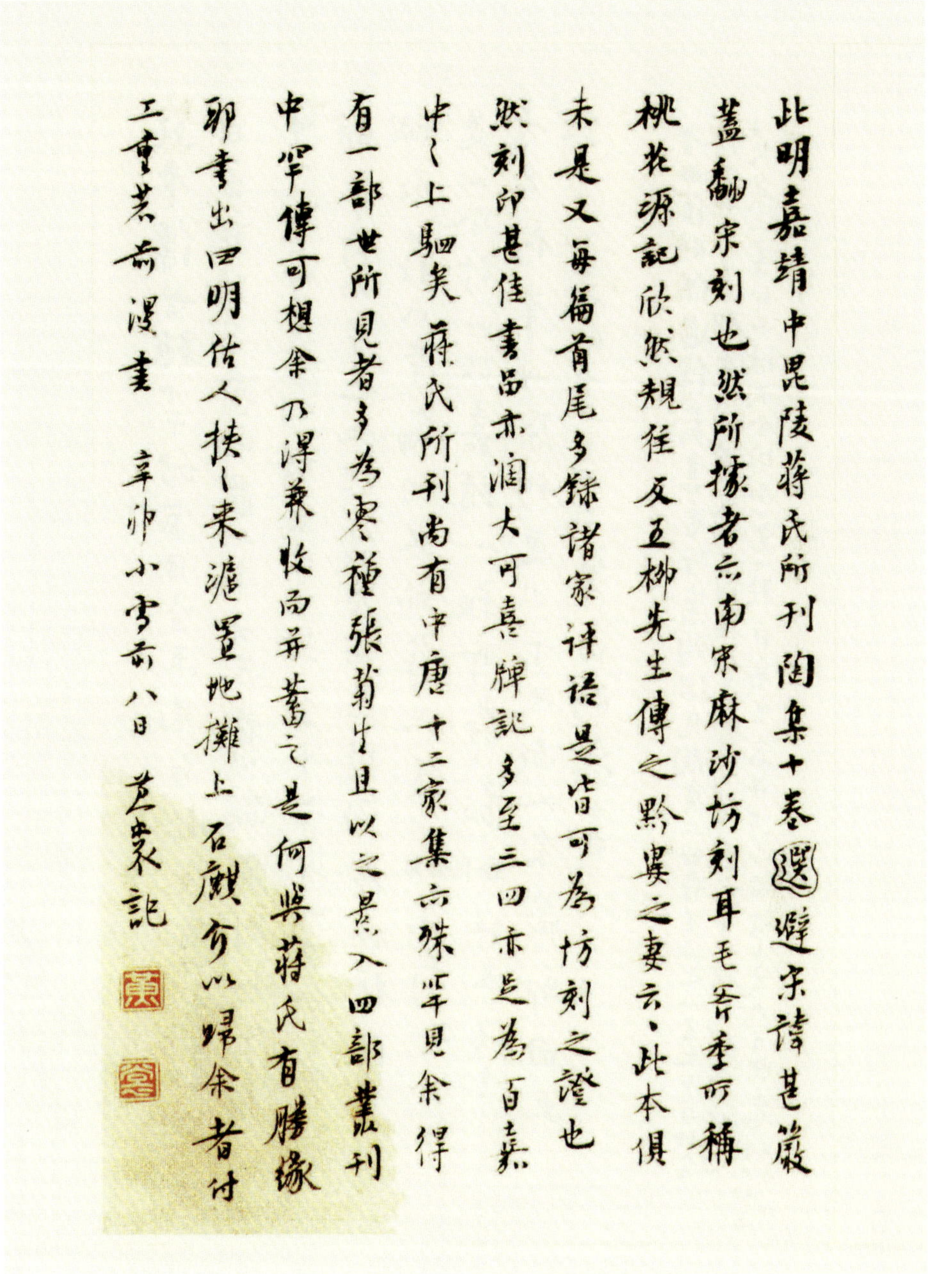
此明嘉靖中毘陵蒋氏所刊陶集十卷選避宋諱甚嚴
蓋翻宋刻也然所據者亦南宋麻沙坊刻耳毛斧季所稱
桃花源記欣然規往及五柳先生傳之黔婁之妻云云此本俱
未是又每篇首尾多録諸家評語是皆可為坊刻之證也
然刻印甚佳書品亦潤大可喜牌記多至三四亦是為百嘉
中之上駟矣蒋氏所刊尚有中唐十二家集亦殊罕見余得
有一部世所見者多為棗種張菊生且以之景入四部叢刊
中罕傳可想余乃得兼收而并蓄之是何與蒋氏有勝緣
耶書出四明估人挾之來滬置地攤上石麒亟以歸余者付
工重装竟漫書　辛卯小雪前八日　芝泉記

《陶靖节集》跋一

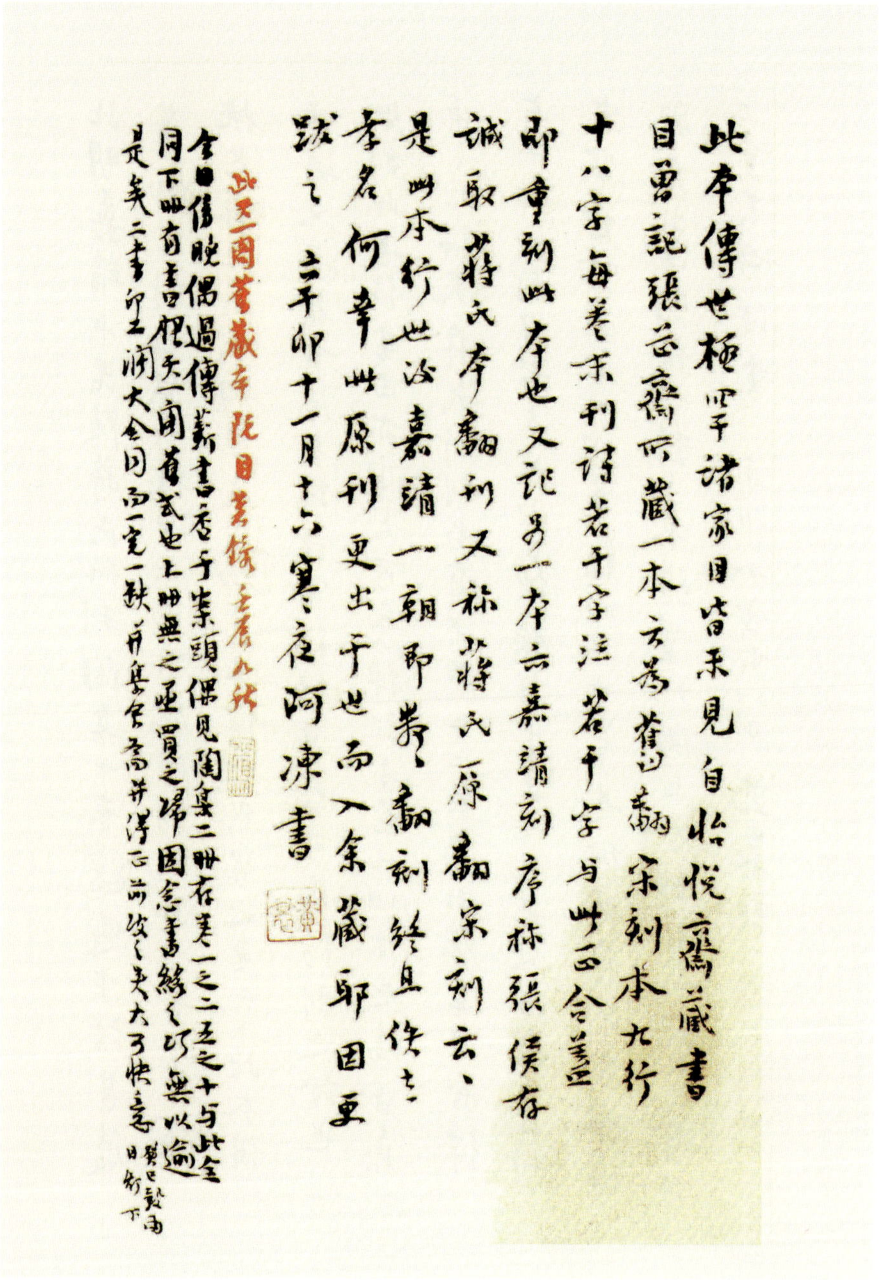

此本傳世極罕，諸家目皆未見。自怡悅齋藏書目曾記張芸齋所藏一本，云為舊翻宋刻本，九行十八字，每卷末刊詩若干字，注若干字，與此正合，蓋即重刻此本也。又記另一本云嘉靖刻，序稱張侯存誠取蔣氏本翻刻，又稱蔣氏原翻宋刻云云，是此本行世後嘉靖一朝，即嘉翻刻，終且俟之。李名何幸此原刊更出于世，而入余藏耶，因更跋之。

辛卯十一月十六寒夜河凍書

此天一閣舊藏本，阮目著錄。壬辰九秋

今日傍晚偶過傳薪書店，于案頭偶見陶集二冊，存卷一之二、五之十，與此全同。下冊有書目，脫天一閣舊藏也，上冊無之，亟買之歸。因念書緣之巧，無以逾是矣。二書印記潤大，合同而一完一缺，并集舊齋并得正前後之美，大可快意。癸巳穀雨日燈下

《陶靖节集》跋二

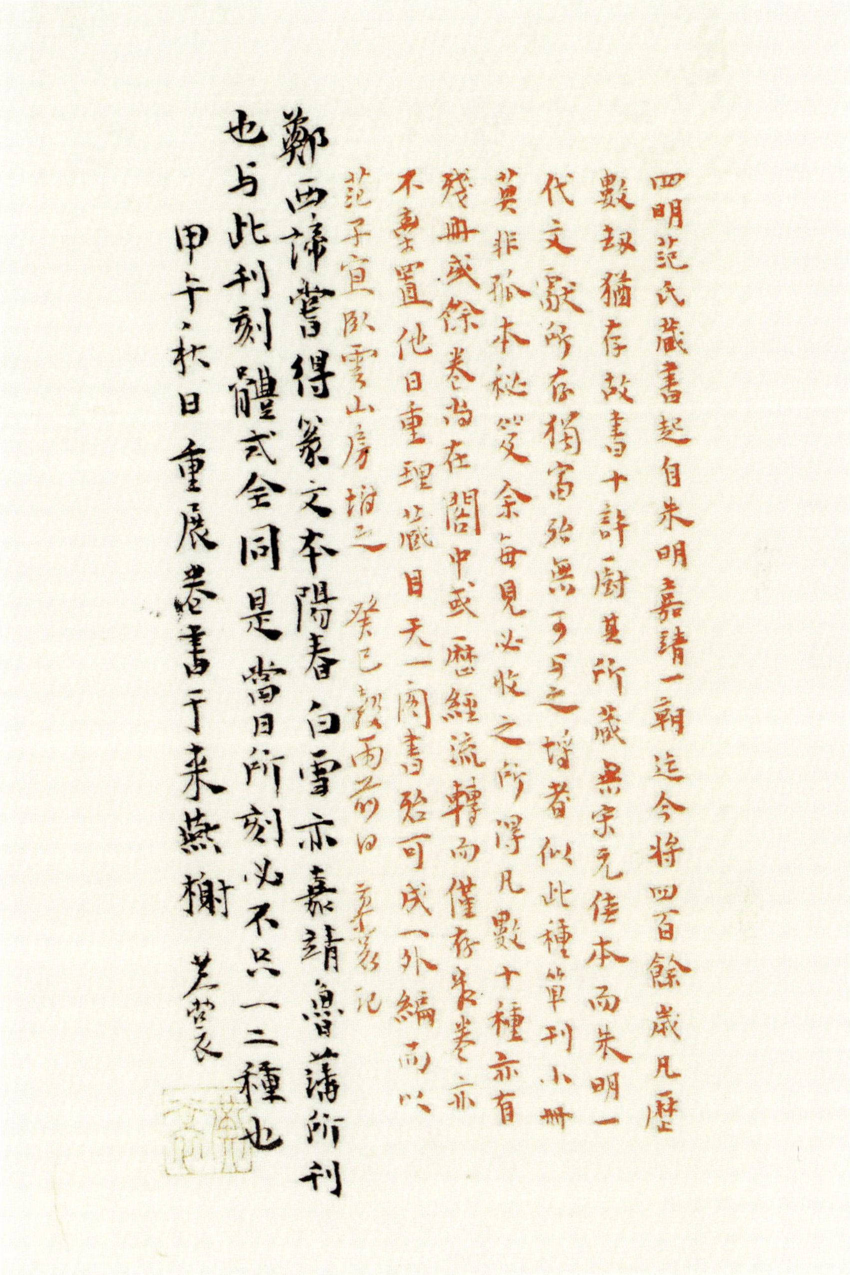
四明范氏藏書起自朱明嘉靖一朝迄今將四百餘歲凡歷數劫猶存故書十許廚其所藏無宋元佳本而朱明一代文獻所存獨富殆無與之埒者似此種單刊小冊莫非孤本秘笈余每見必收之所得凡數十種亦有殘冊或餘卷尚在閣中或歷經流轉而僅存零卷亦不害置他日重理藏目天一閣書殆可成一外編而以范子宜臥雲山房協之 癸巳穀雨前日黃裳記

鄭西諦嘗得蒙文本陽春白雪亦嘉靖魯藩所刊也與此刊刻體式全同是當日所刻必不只一二種也 甲午秋日重展卷書于來燕榭 黃裳

《早朝诗》跋一

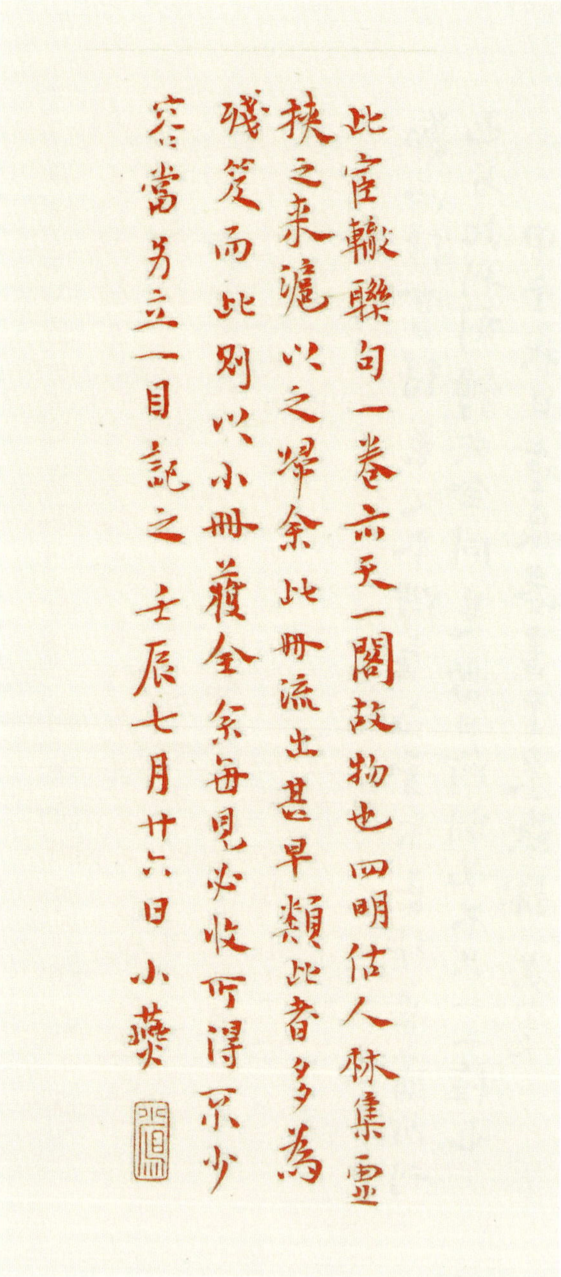
此宧轍聯句一卷亦天一閣故物也四明估人林集虛
挾之來滬以之歸余此冊流出甚早類此者夕夕爲
殘笈而此別以小冊獲全余每見必收何得不少
容當另立一目記之 壬辰七月廿六日 小燕

《宧辙联句》跋

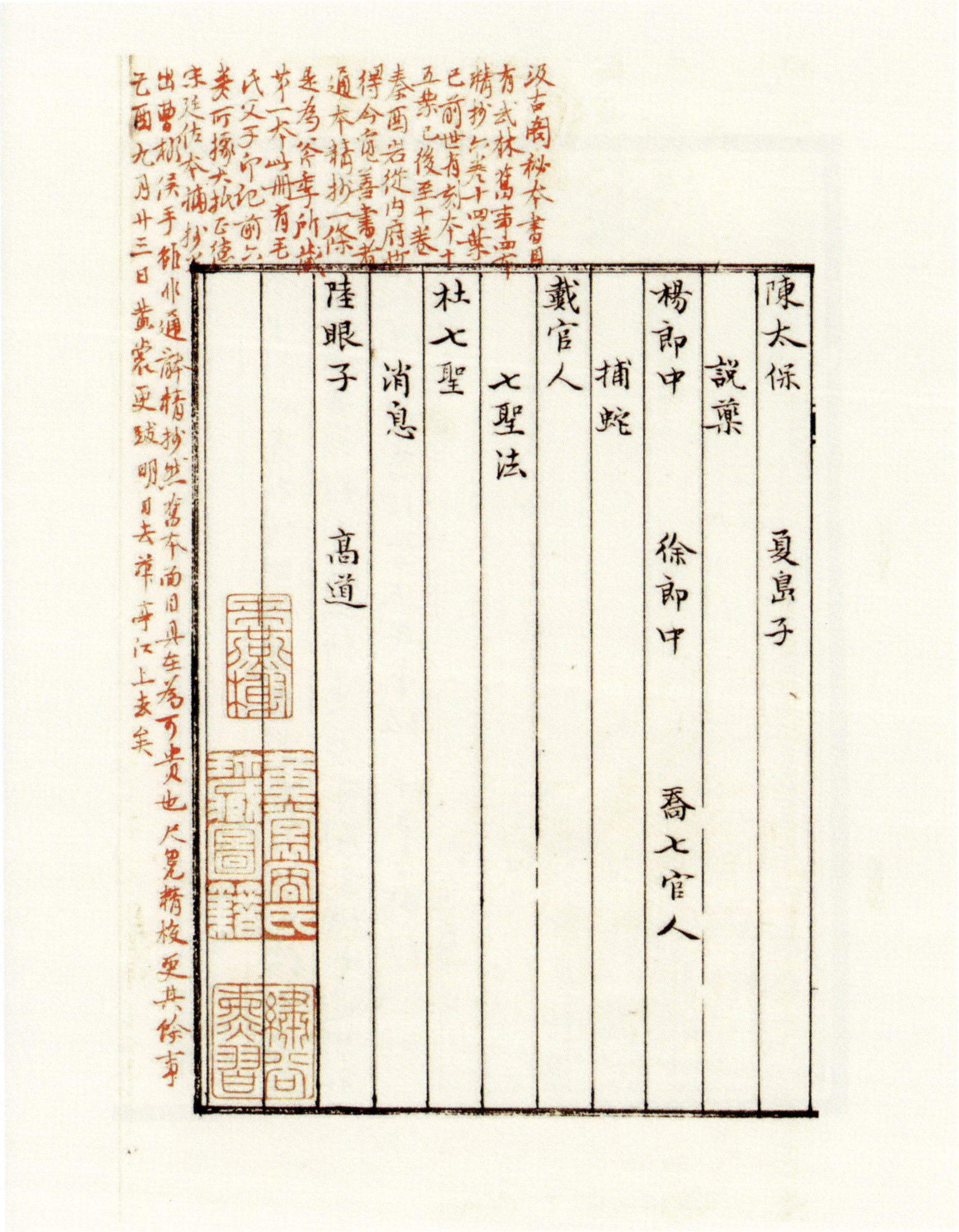

《武林旧事》跋

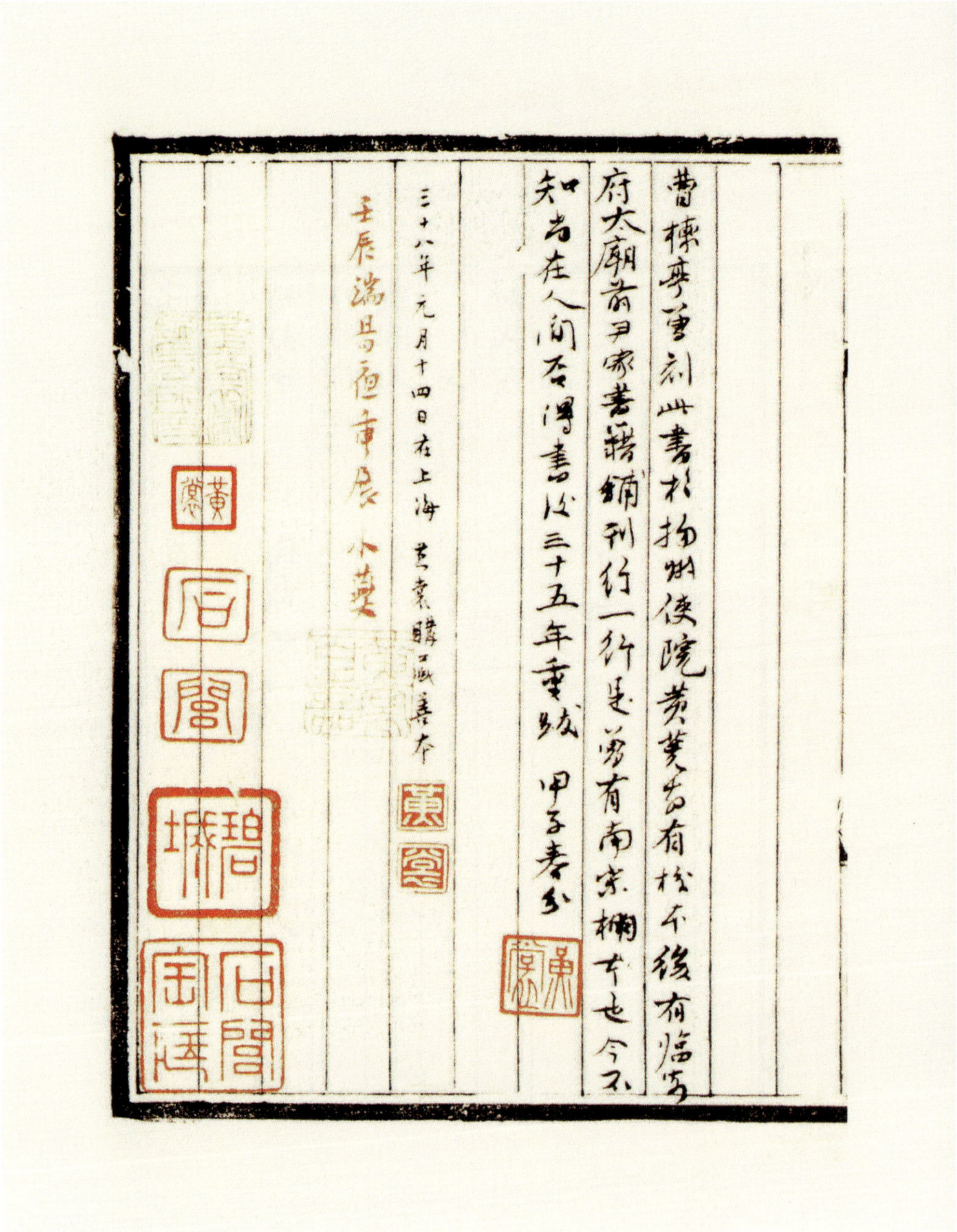
曹楝亭重刻此書于揚州使院黄蕘圃有校本後有臨安府太廟前尹家書籍鋪刊行一行是爲有南宋槧本也今不知尚在人間否得書後三十五年重跋 甲子春分

三十八年元月十四日在上海 黄裳購藏善本

壬辰端午后重展 小燕

《钓矶立谈》跋

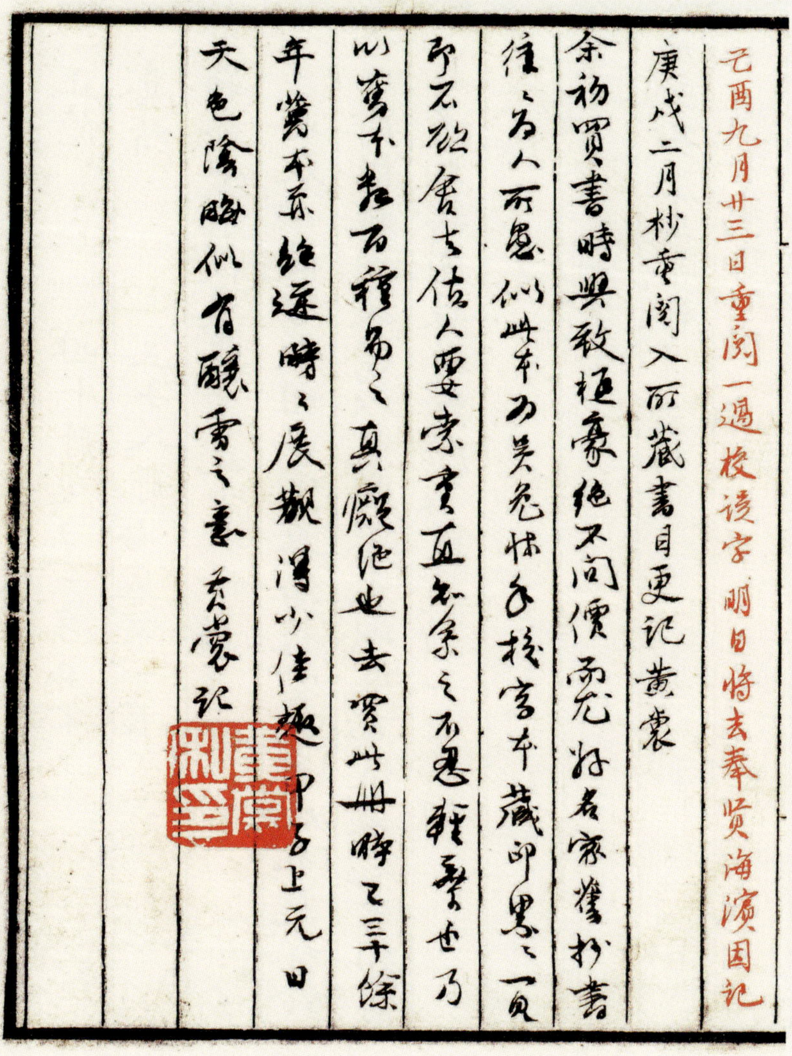
乙酉九月廿三日重閱一過校讀字明日將去奉贤海濱因記

庚戌二月杪重閱入所藏書目更記 黄裳

余初買書時興致極豪絶不問價而尤好名家舊抄書往往為人所惡似此本乃吳免牀手校寫本藏印累累一頁即不能售古估人要索重值知余之所急輕毀世乃以舊本書目轉易之真癡絶也去賈此冊時已三年餘年篋本亦絶迹時之展觀得此佳趣 甲子上元日天色陰晦似有釀雪之意 黄裳記

《毛汲古书目》跋

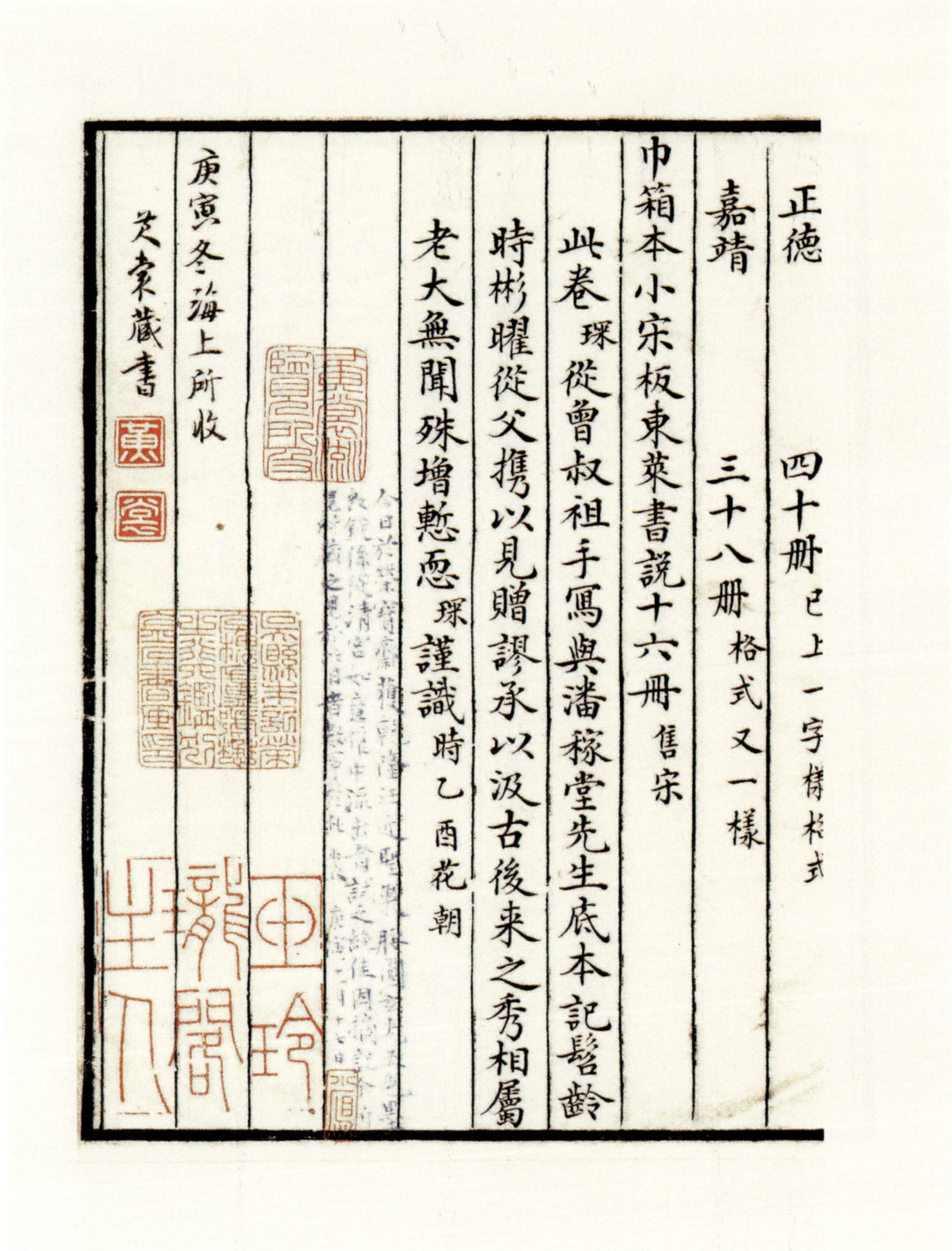
正德　四十册　已上一字樣格式
嘉靖　三十八册　格式又一樣
巾箱本小宋板東萊書說十六册　售宋
此卷　琛　從曾叔祖手寫與潘稼堂先生底本記髫齡
時彬曜從父携以見贈謬承以汲古後来之秀相屬
老大無聞殊增慙恧　琛　謹識　時乙酉花朝
庚寅冬海上所收
芝裳藏書

《毛汲古书目》书影并跋

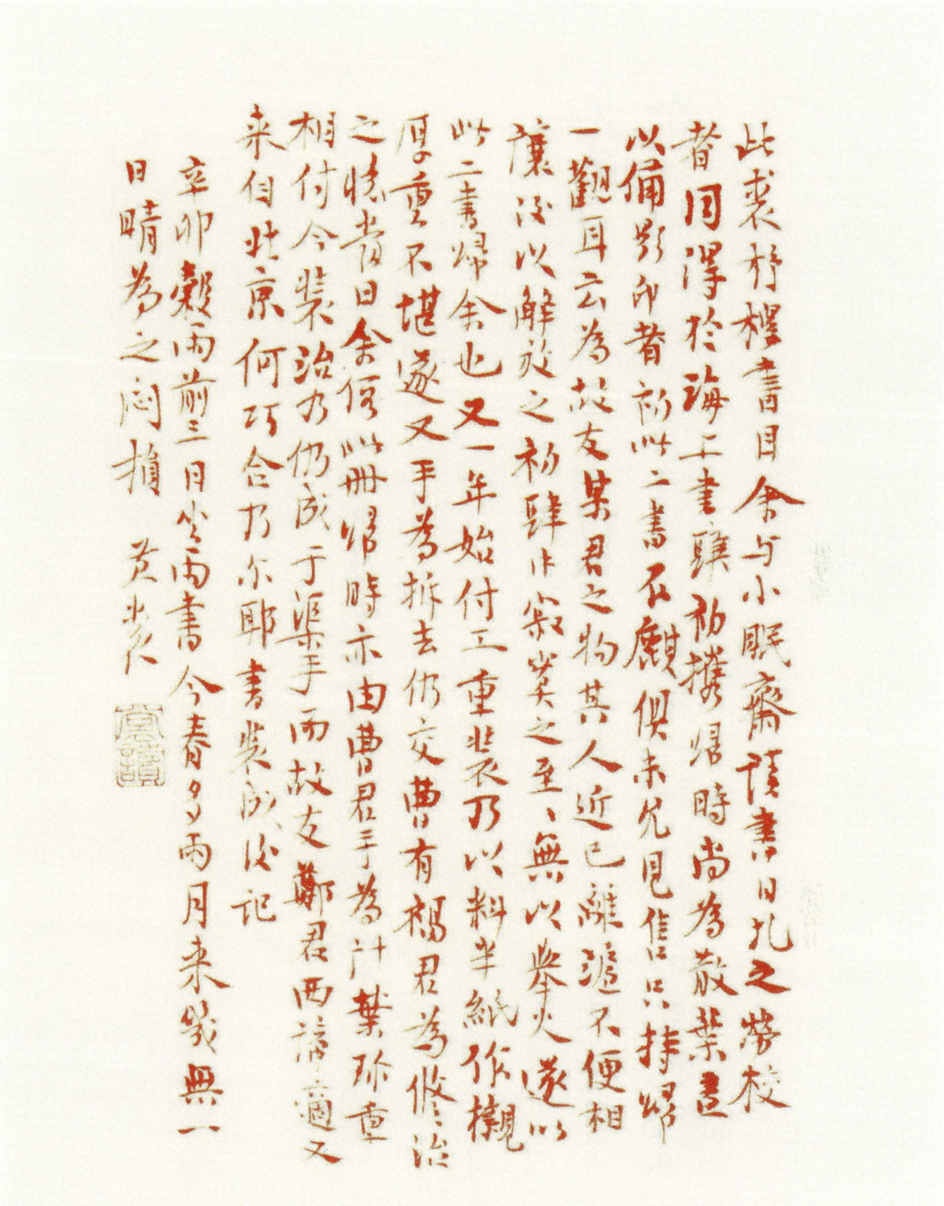

此裘杼樓書目余與小眠齋讀書日記之當校者同得於海上書肆，初攜歸時尚為散葉，書以備影印者。前此二書在廠俱未見，借只得歸一翻耳。云為故友某君之物，其人近已離滬，不便相讓，設以解放之初，肆中寂寞之至，無以舉火，遂以此二書歸余也。又一年，始付工重裝，乃以料半紙作襯，厚重不堪，遂又手為拆去，仍交曹有楊君為修治之。特背日余仍以冊歸，時亦由曹君手為計葉琢畫相付。今裝治乃仍成于渠手，而故友鄭君西諦適又來自北京，何巧合乃尔耶。書裝成，聊記。

辛卯穀雨前三日坐雨書。今春多雨，月來幾無一日晴，為之悶損。黃裳

《裘杼楼书目》跋一

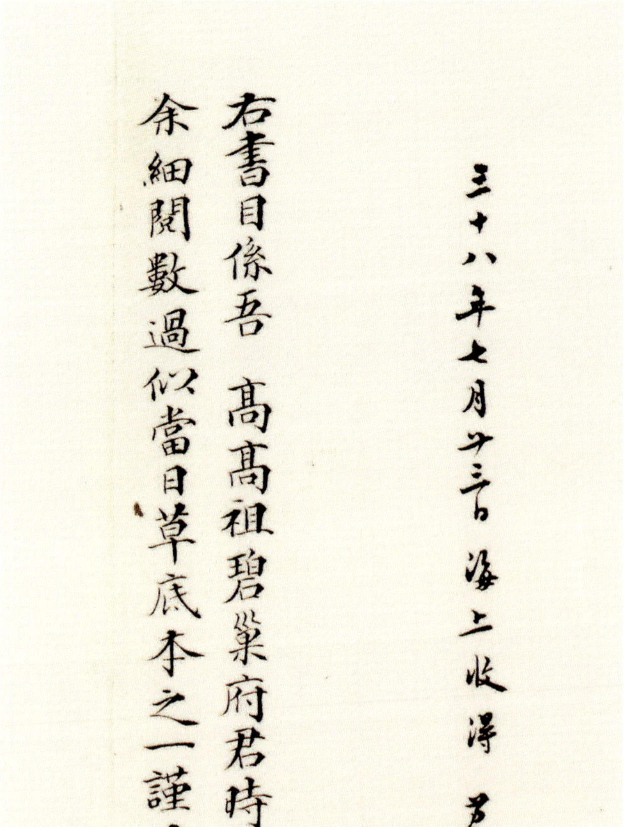

三十八年七月廿三日海上收得　黄裳藏書

右書目係吾　高高祖碧巢府君時物今得復歸于余細閲數過似當日草底本之一謹什襲而藏之　戊子冬梅記

《裘杼楼书目》跋二

创作卷

印象·黄裳

创作卷Ⅰ·《锦帆集》《锦帆集外》《关于美国兵》

1944年在军中

1947 年摄于嘉兴烟雨楼

1948 年与黄宗江（中）、朱嘉琿（左）在上海

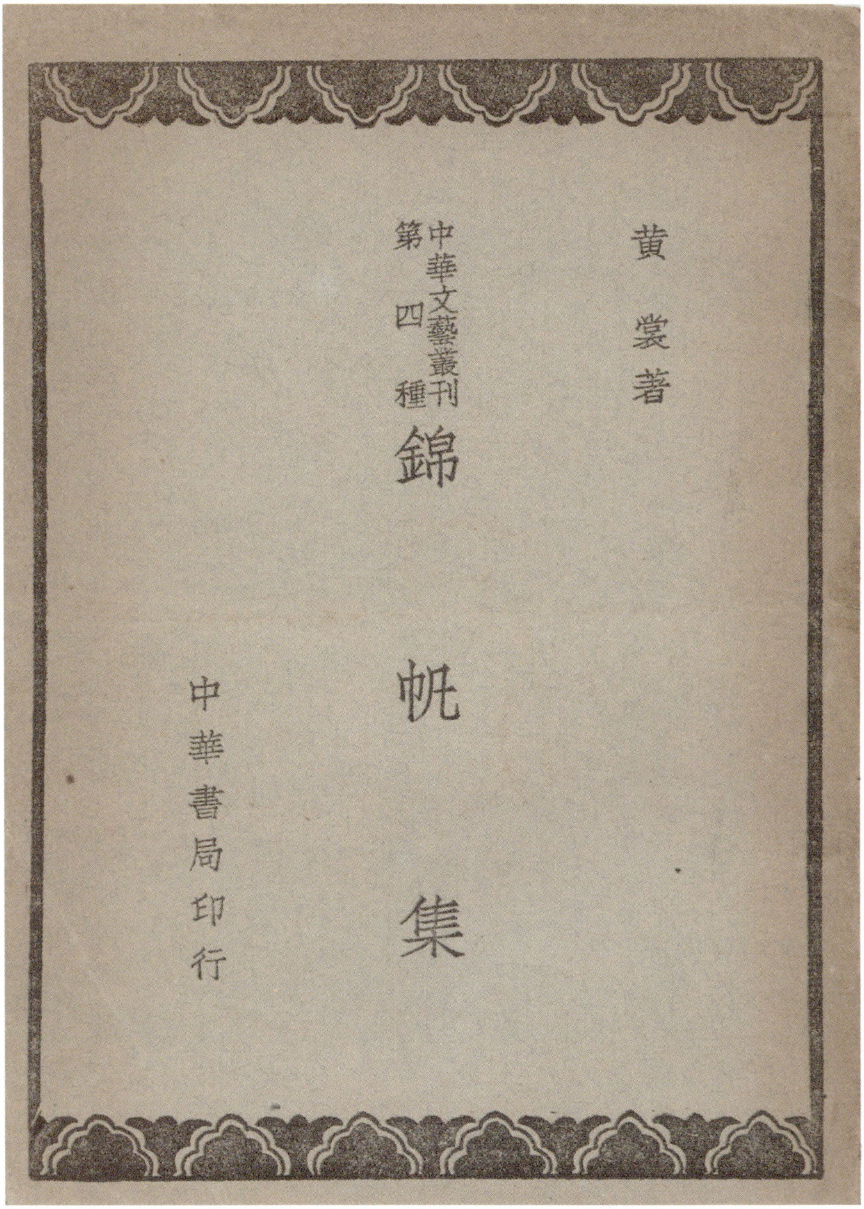

《锦帆集》初版 封面

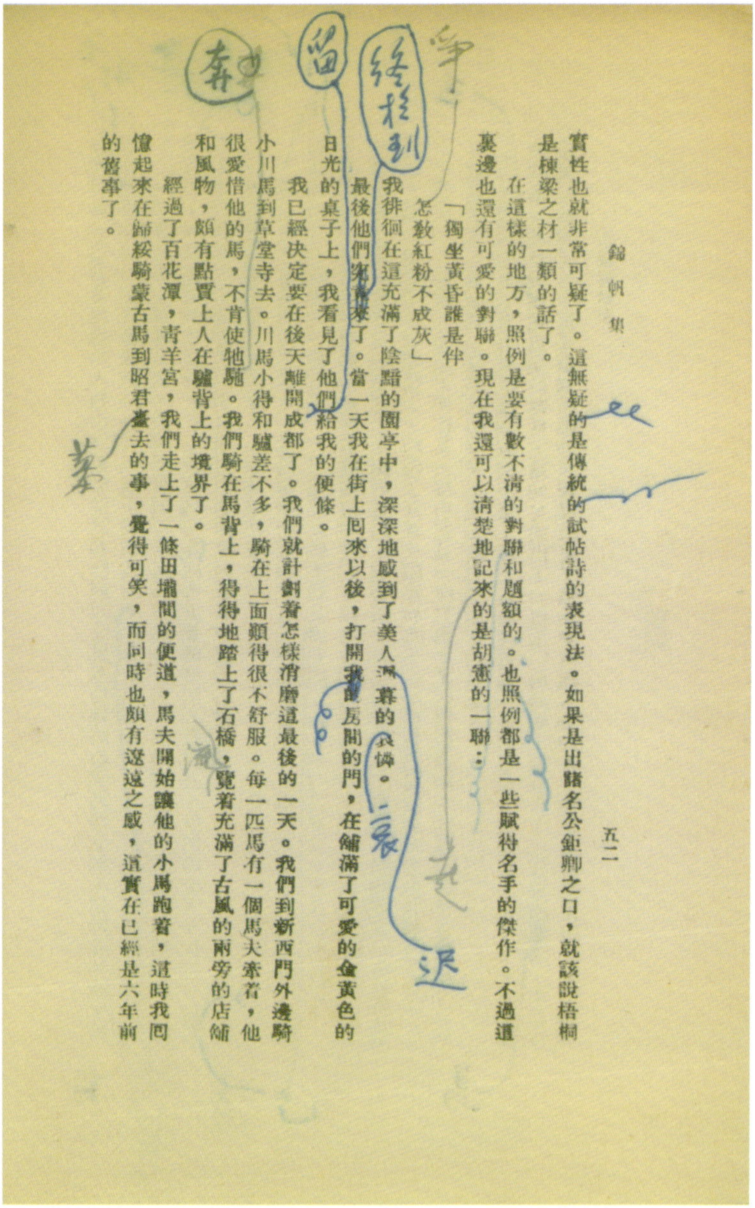

錦帆集 五二

實性也就非常可疑了。這無疑的是傳統的試帖詩的表現法。如果是出諸名公鉅卿之口，就該說梧桐是棟梁之材一類的話了。

在這樣的地方，照例是要有數不清的對聯和題額的。也照例都是一些賦得名手的傑作。不過這裏邊也還有可愛的對聯。現在我還可以清楚地記來的是胡憲的一聯：

「獨坐黃昏誰是伴
怎教紅粉不成灰」

我徘徊在這充滿了陰黯的園亭中，深深地感到了美人遲暮的哀憐。

最後他們來看我了。當一天我在街上回來以後，打開我的房間的門，在舖滿了可愛的金黃色的日光的桌子上，我看見了他們給我的便條。

我已經決定要在後天離開成都了。我們就計劃着怎樣消磨這最後的一天。我們到新西門外邊騎小川馬到草堂寺去。川馬小得和驢差不多，騎在上面顛得很不舒服。每一匹馬有一個馬夫牽着，他很愛惜他的馬，不肯使牠馳。我們騎在馬背上，得得地踏上了石橋，覽着充滿了古風的兩旁的店舖和風物，頗有點賈上人在驢背上的境界了。

經過了百花潭，青羊宮，我們走上了一條田壠間的便道，馬夫開始讓他的小馬跑着，這時我回憶起來在歸綏騎蒙古馬到昭君墓去的事，覺得可笑，而同時也頗有遼遠之感，這實在已經是六年前的舊事了。

黄裳校改《锦帆集》封面

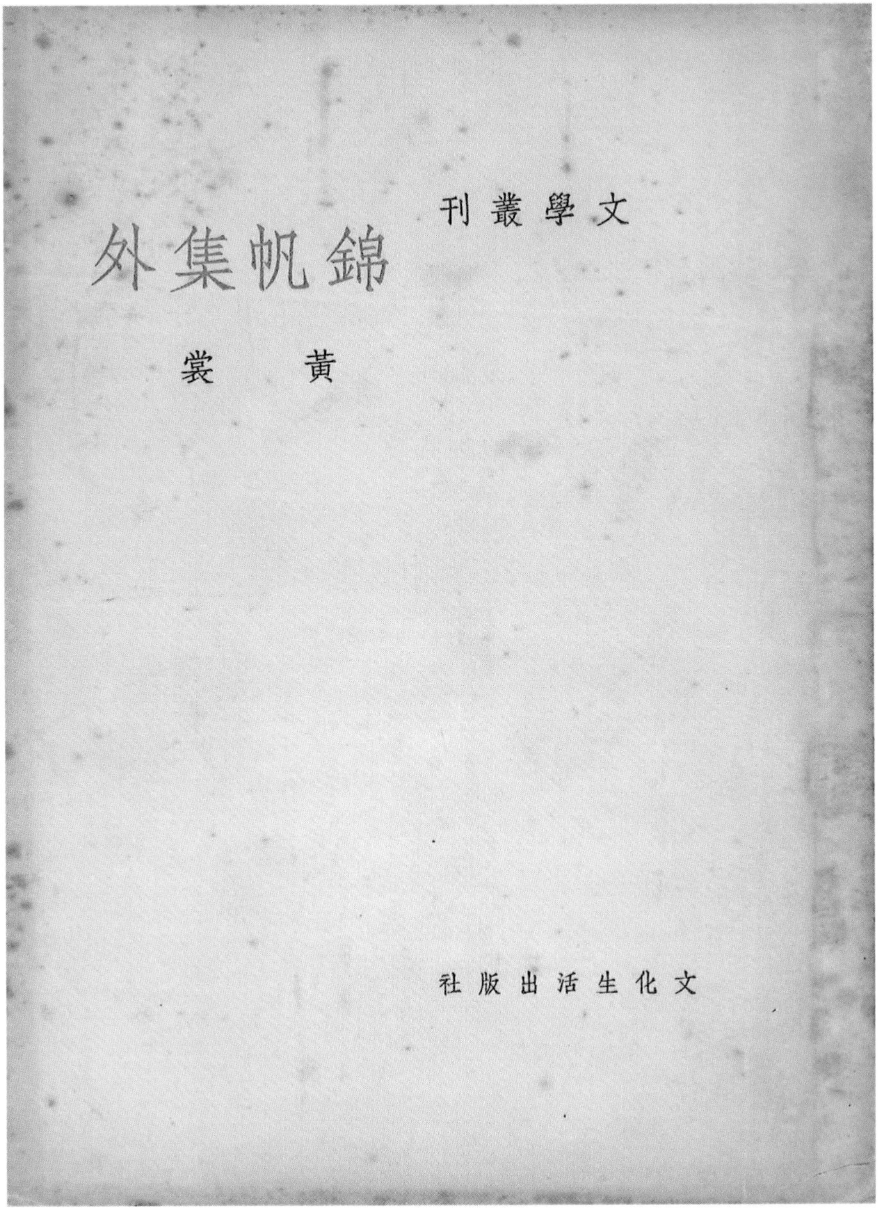

《锦帆集外》初版 封面

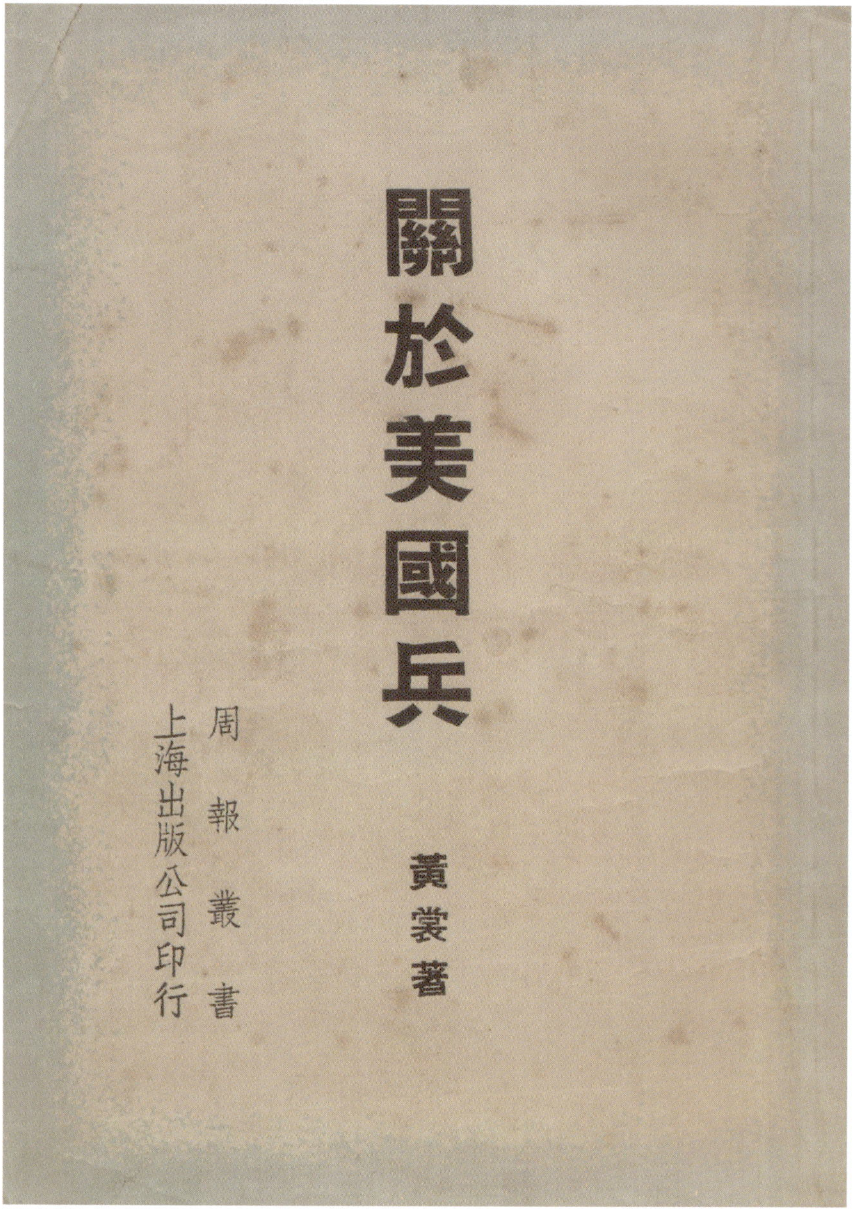

《关于美国兵》初版 封面

创作卷Ⅱ·《旧戏新谈》《一脚踏进朝鲜的泥淖里》《新北京》《和平鸽的翅子展开了》

1951年在梅兰芳家

1954年与妻在北京十三陵

《旧戏新谈》1948 年开明书店初版 封面

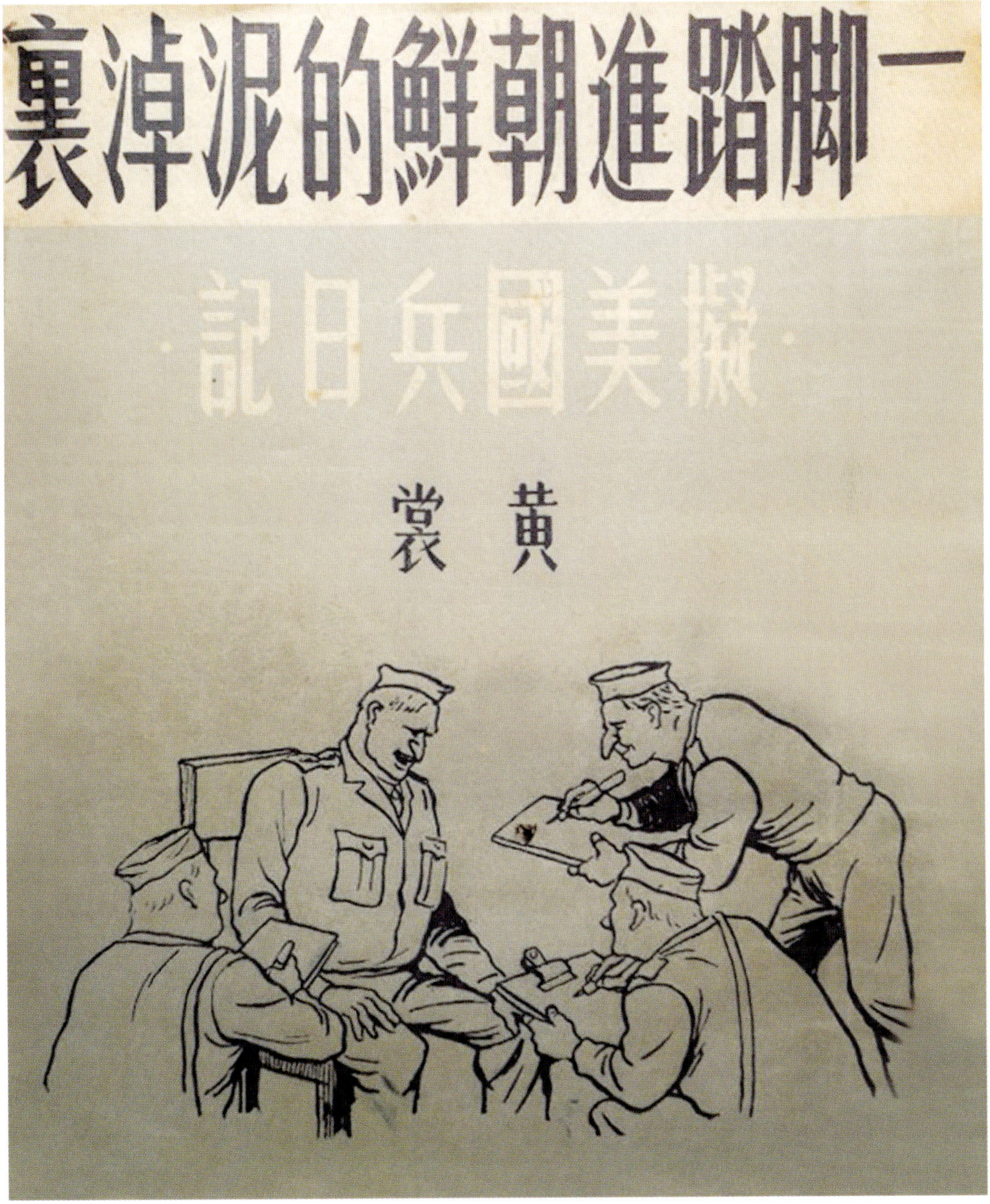

《一脚踏进朝鲜的泥淖里·拟美国兵日记》1950 年泥土社初版 封面

《新北京》1950 年上海出版公司初版 封面

《和平鸽的翅子展开了》1951 年平明出版社初版 封面

创作卷Ⅲ·《谈水浒戏及其他》《西厢记与白蛇传》《林冲》

《武松》《一箭仇》《盖叫天的舞台艺术》（剧本）

《林冲》（剧本）

1954 年与妻在北京十三陵

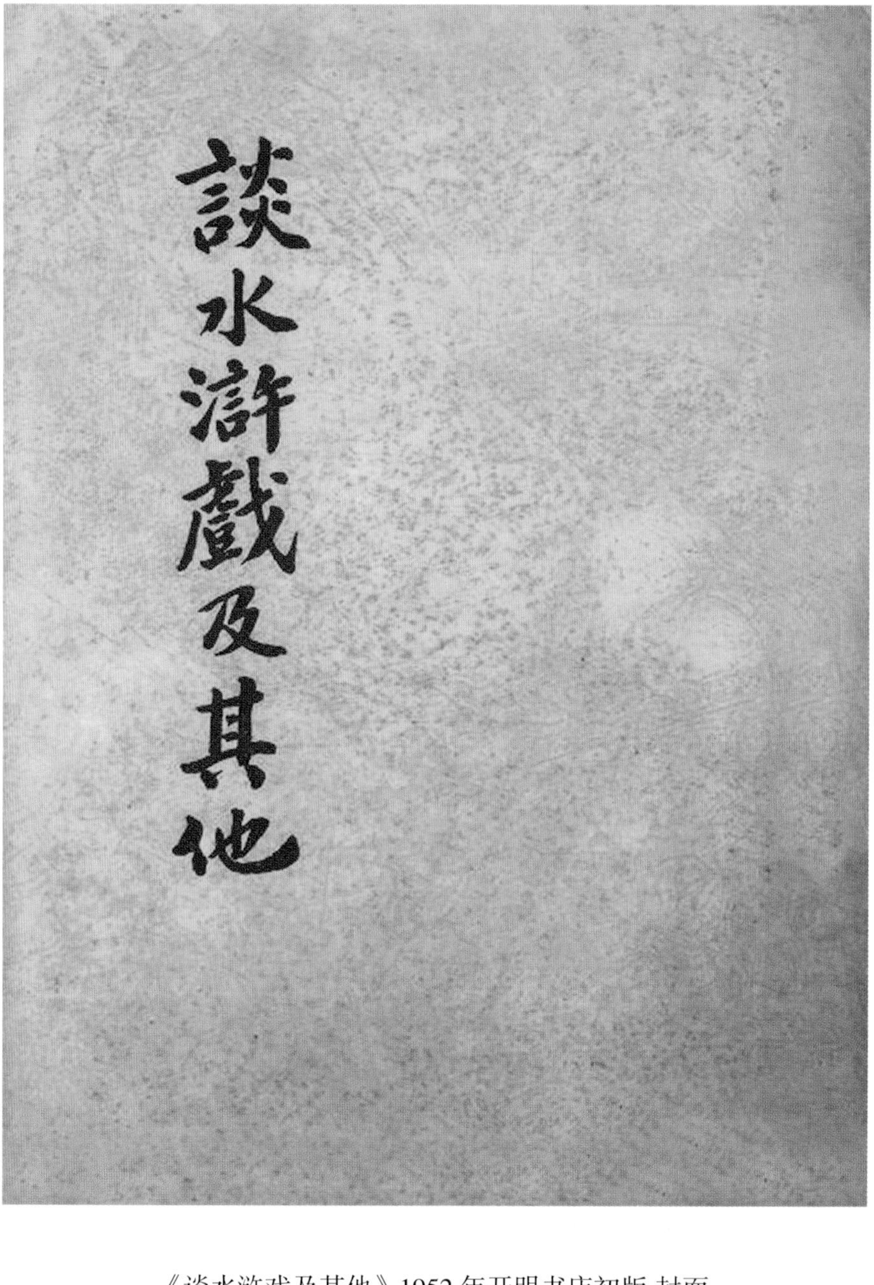

《谈水浒戏及其他》1952 年开明书店初版 封面

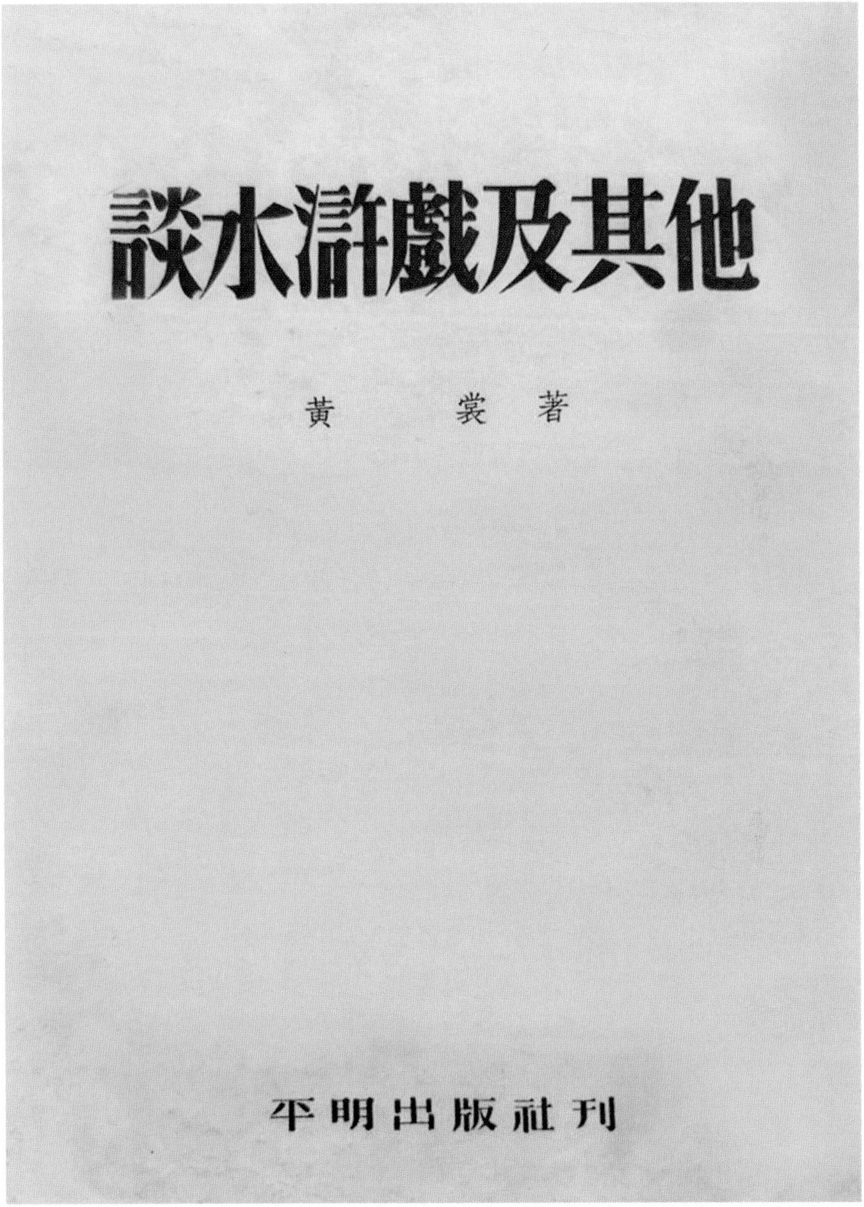

《谈水浒戏及其他》1953 年平明出版社新一版 封面

《西厢记与白蛇传》1953 年平明出版社初版 封面

《林冲》1957 年中国电影出版社初版 封面

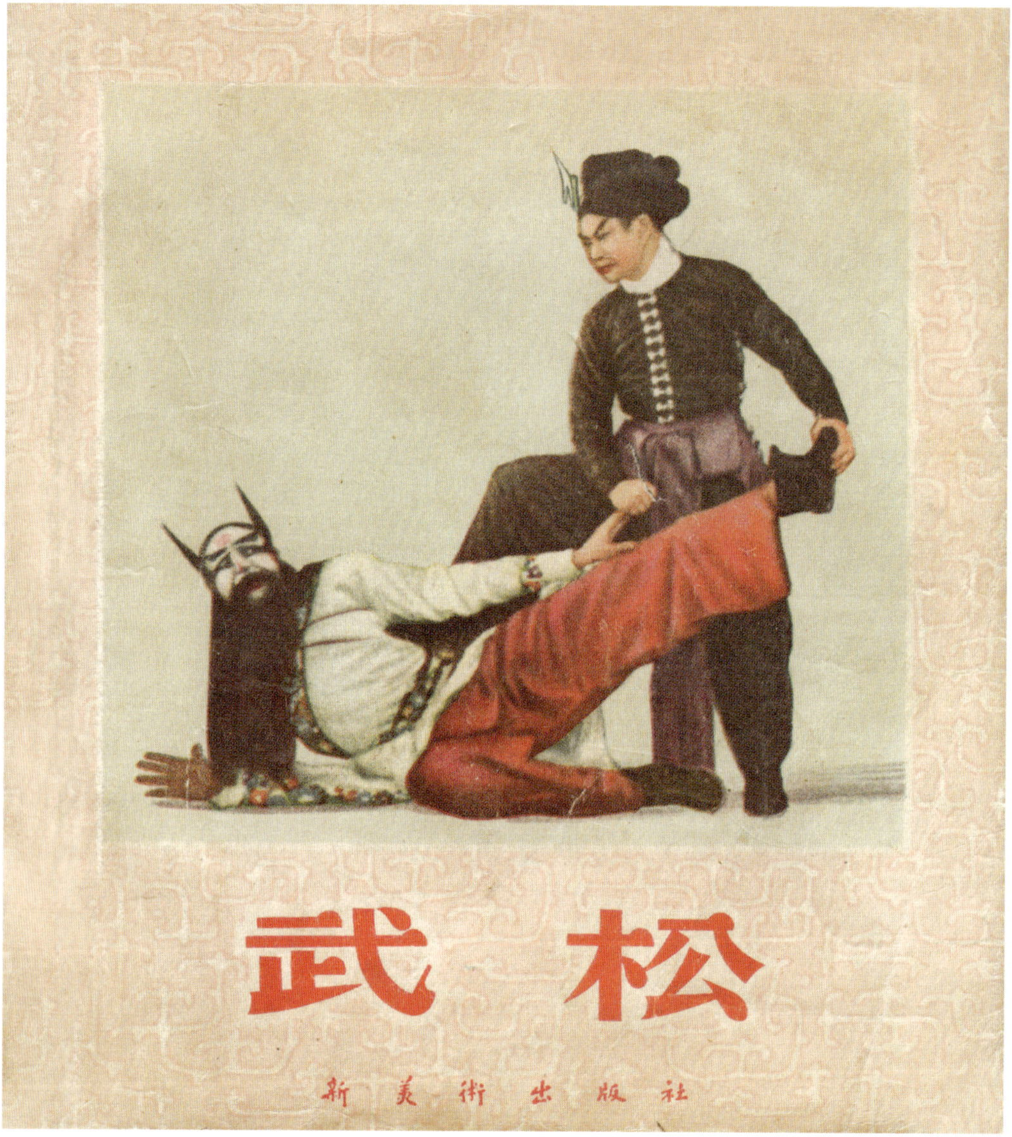

《武松》1955 年新美术出版社初版 封面

《一箭仇》1955 年新美术出版社初版 封面

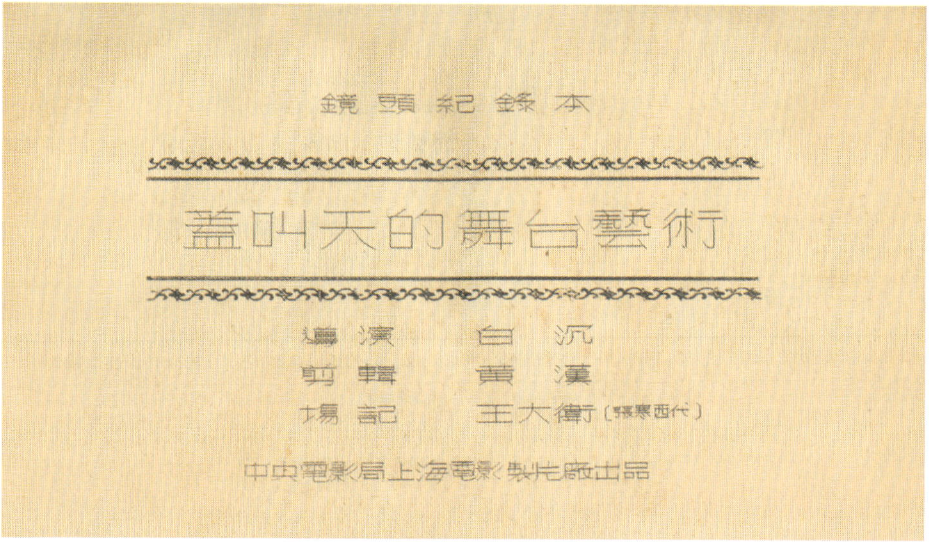
鏡頭紀錄本

蓋叫天的舞台藝術

導演　白沉
剪輯　黃漢
場記　王大衛（孫景西代）

中央電影局上海電影製片廠出品

《盖叫天的舞台艺术》（剧本）油印本 封面

林冲

江南电影制片厂出品
上海电影制片公司监制

《林冲》（剧本）油印本 封面

创作卷Ⅳ·《花步集》《金陵五记》《晚春的行旅》上

1956 年 12 月在昆明金殿

《花步集》1982 年花城出版社版 封面

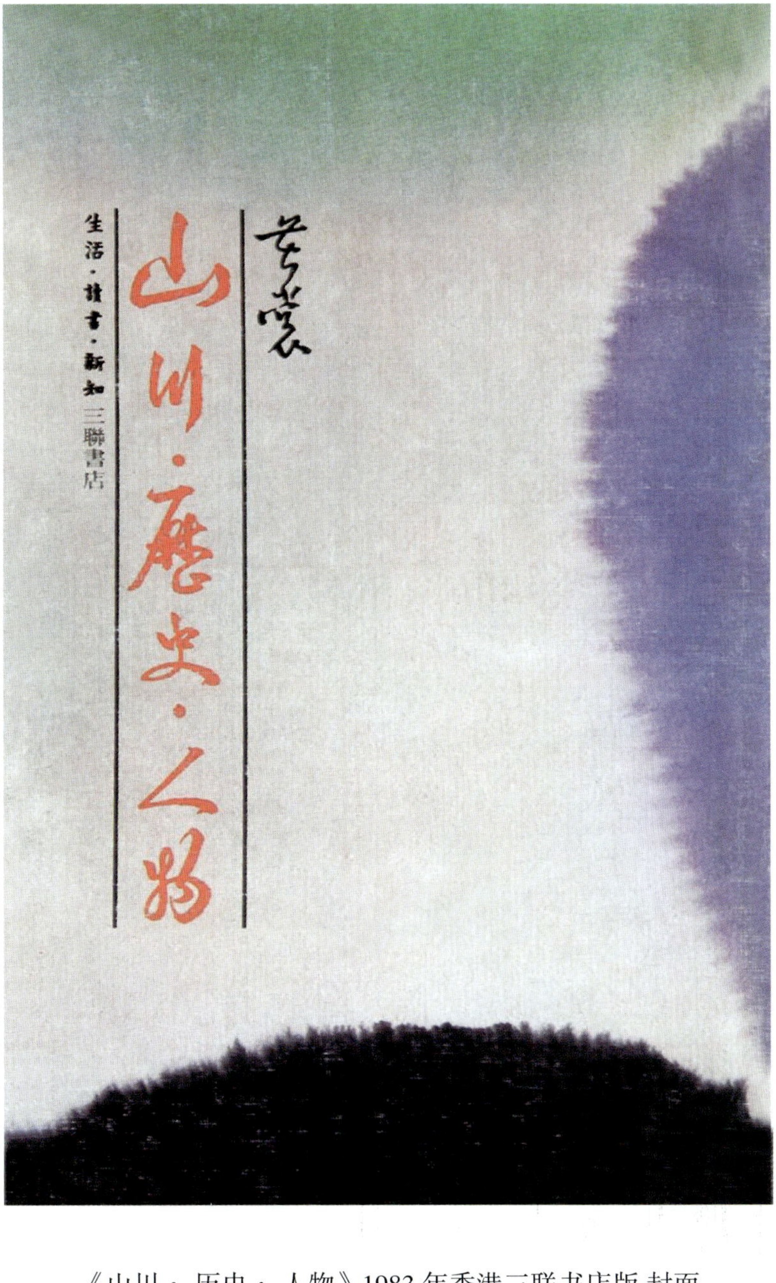

《山川 · 历史 · 人物》1983 年香港三联书店版 封面

《金陵五记》1982 年金陵书画社版 封面

创作卷Ⅳ·《花步集》《金陵五记》《晚春的行旅》下

20世纪80年代在巴金家

《晚春的行旅》1984 年香港三联书店版 封面

《晚春的行旅》1986 年湖南人民出版社版 封面

创作卷Ⅴ·《榆下说书》《银鱼集》

1981年黄裳（右一）与黄永玉（左二）、王丹凤（左一）等友人在杭州

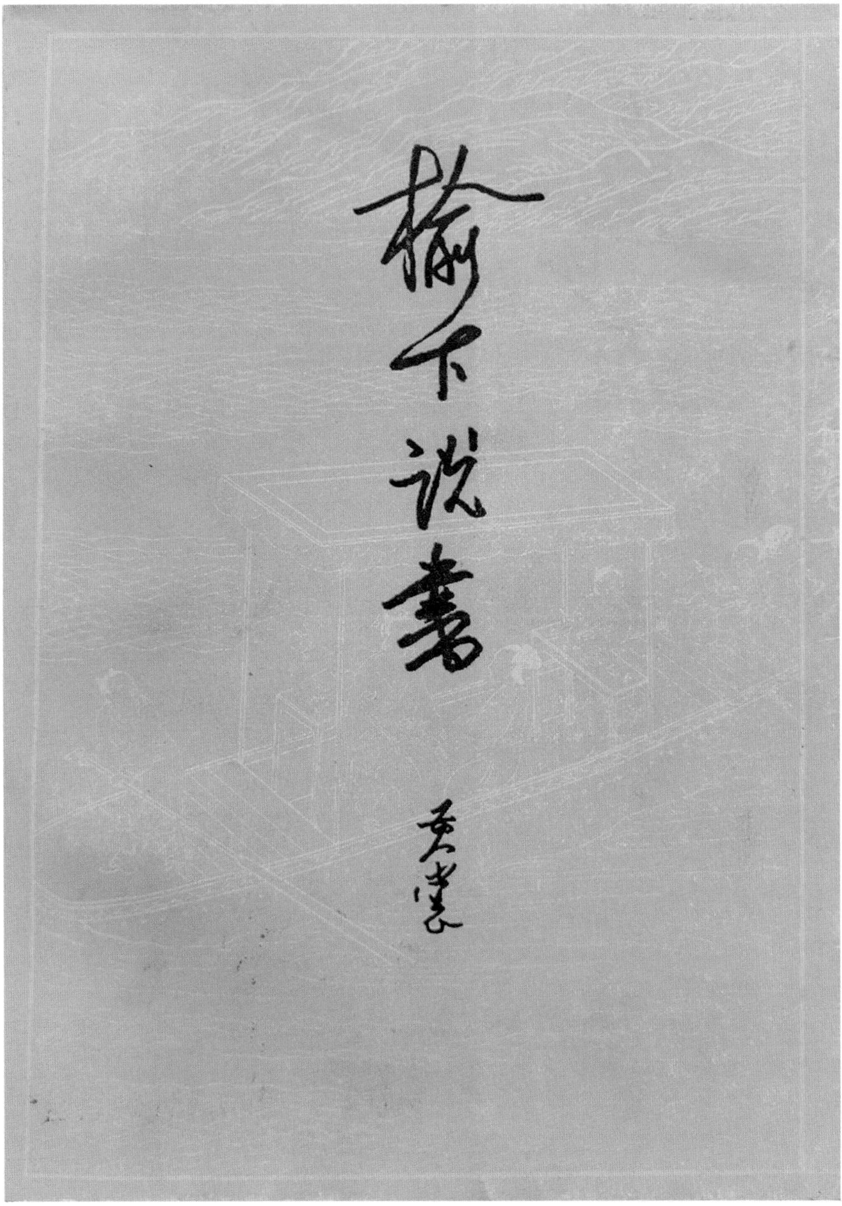

《榆下说书》1982 年生活・读书・新知三联书店初版 封面

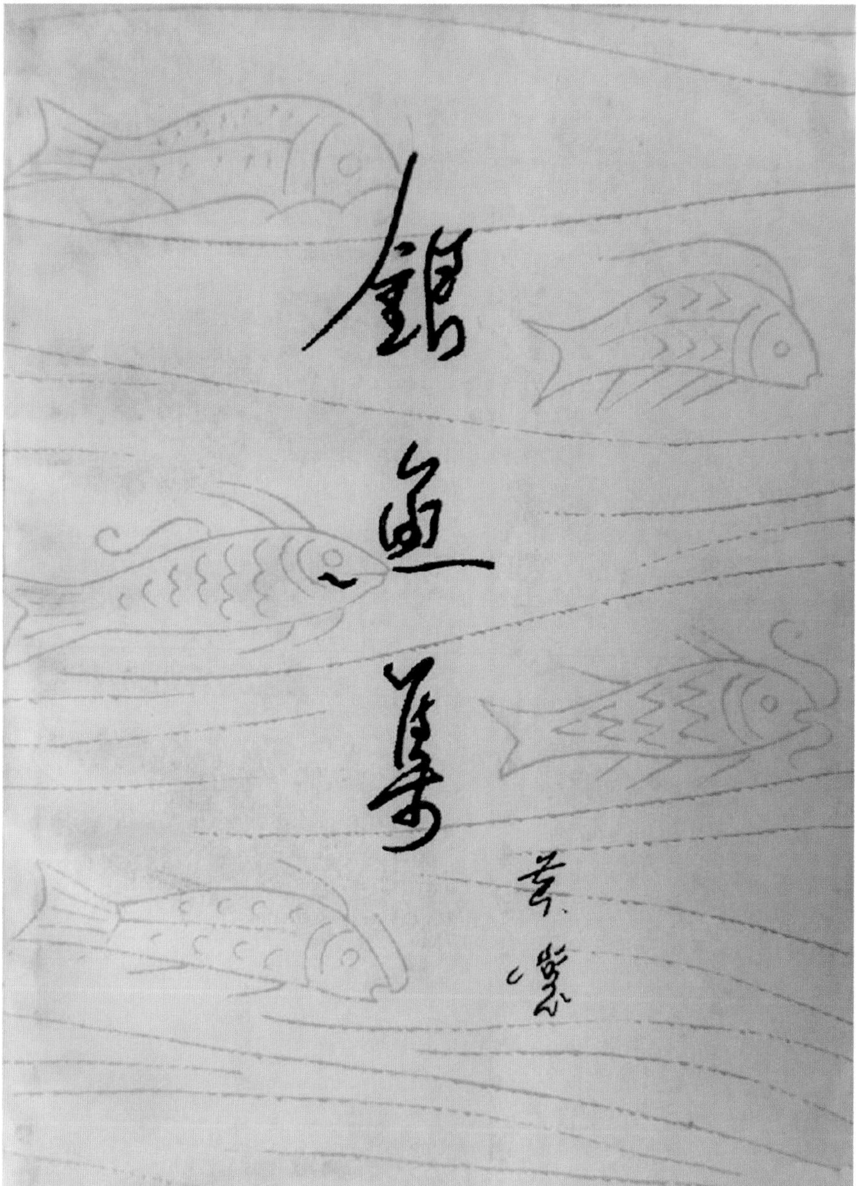

《银鱼集》1985 年生活·读书·新知三联书店初版 封面

创作卷Ⅵ·《翠墨集》《榆下杂说》

1983 年秋与巴金（中）、黄源（左）在绍兴鲁迅故居百草园

《翠墨集》1985 年生活·读书·新知三联书店初版 封面

《榆下杂说》1992 年上海古籍出版社初版 封面

创作卷Ⅶ·《河里子集》《负暄录》《惊弦集》

黄裳在寓所

《河里子集》1986年香港博益出版集团初版 封面

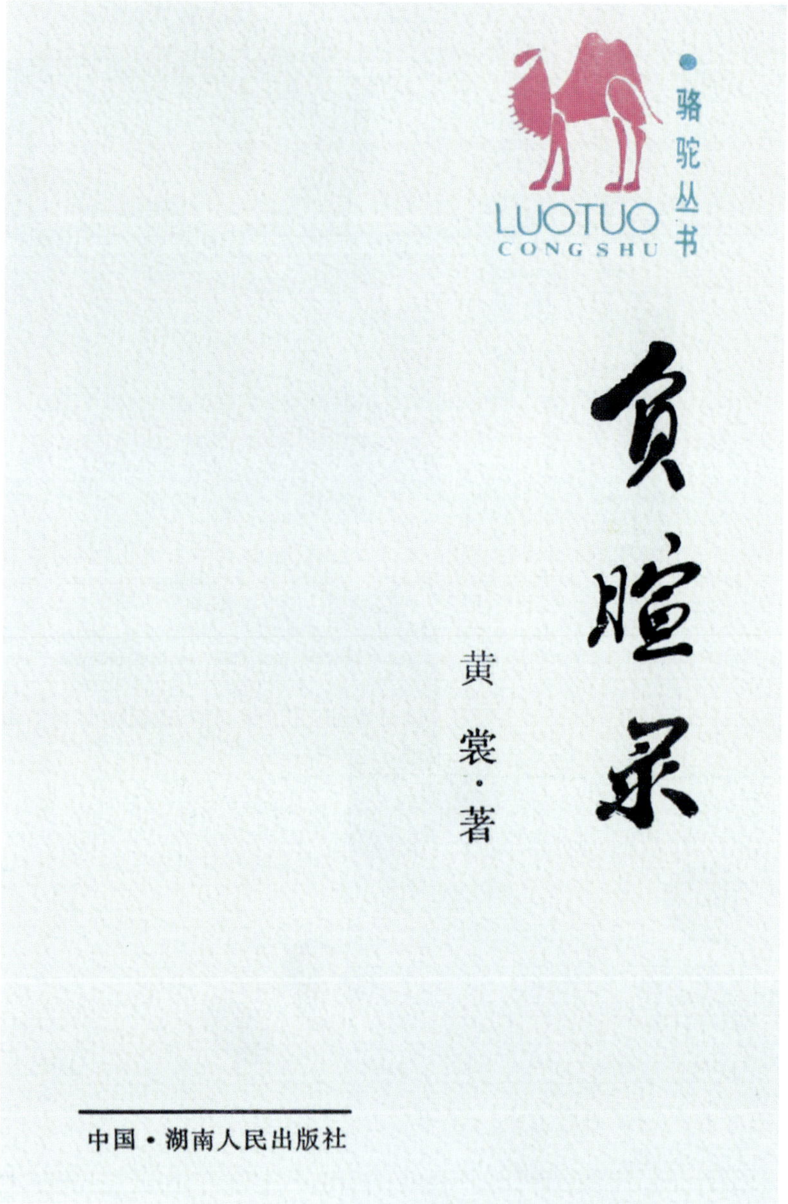

《负暄录》1986 年湖南人民出版社初版 封面

《惊弦集》1986年湖南人民出版社初版 封面

创作卷Ⅷ·《黄裳论剧杂文》《彩色的花雨》上

黄裳与次女容仪、女婿刘伟合影

《黄裳论剧杂文》1984 年四川人民出版社初版 封面

创作卷Ⅷ·《黄裳论剧杂文》《彩色的花雨》下

黄裳先生与周汝昌先生合影

《彩色的花雨》1988 年上海三联书店初版 封面

创作卷Ⅸ·《笔祸史谈丛》《妆台杂记》

黄裳夫妇合影

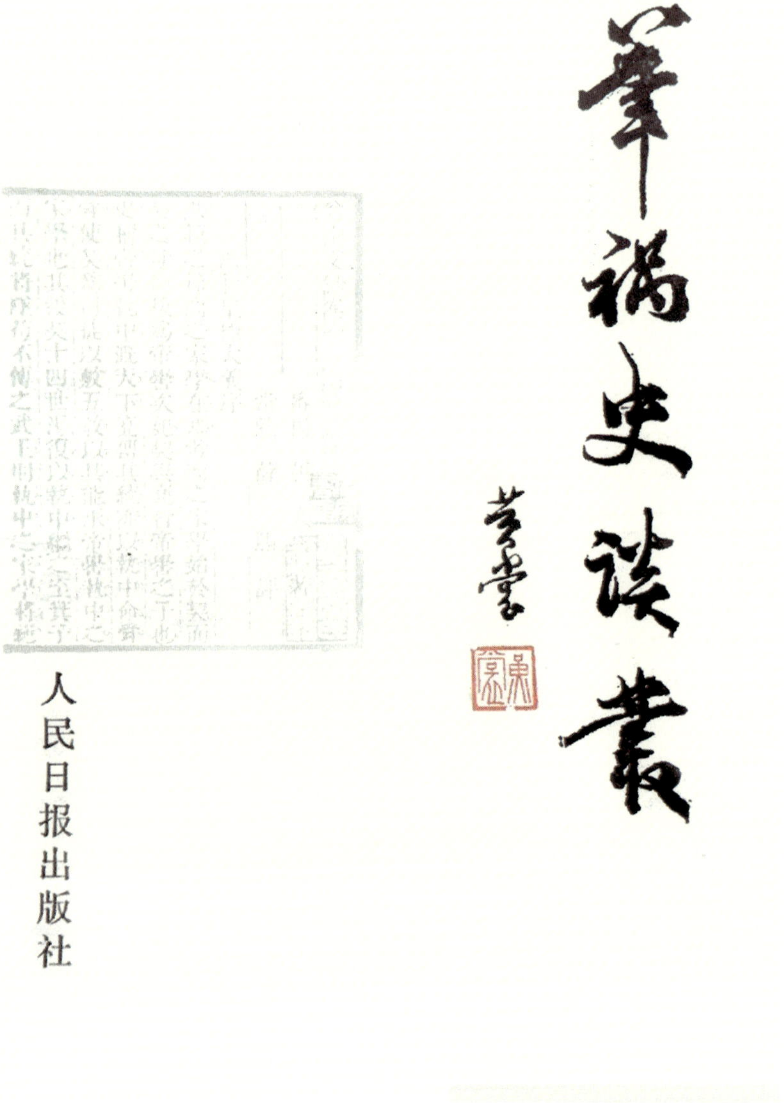

《笔祸史谈丛》1988 年人民日报出版社初版 封面

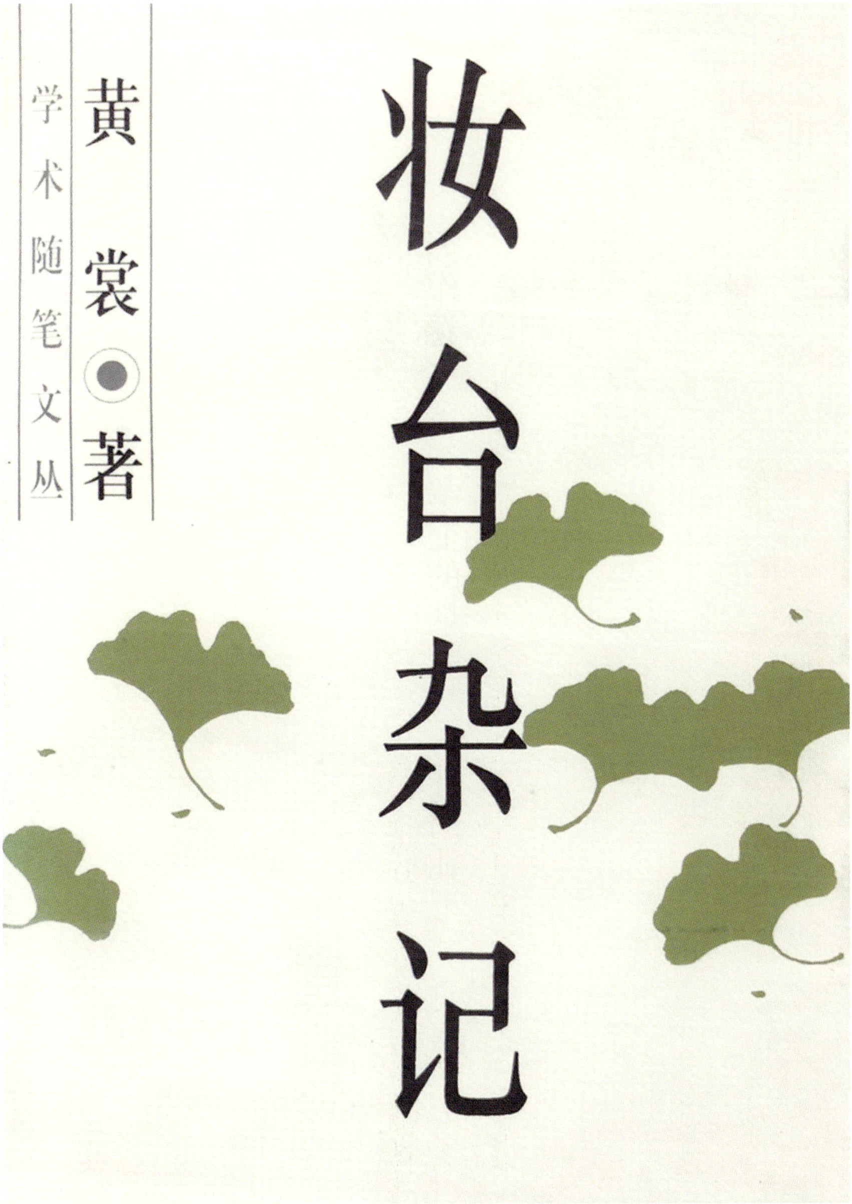

《妆台杂记》1997 年中国社会科学出版社初版 封面

创作卷X·《掌上的烟云》《春回札记》

黄裳 1996 年在沪寓

《掌上的烟云》1998 年华东师范大学出版社初版 封面

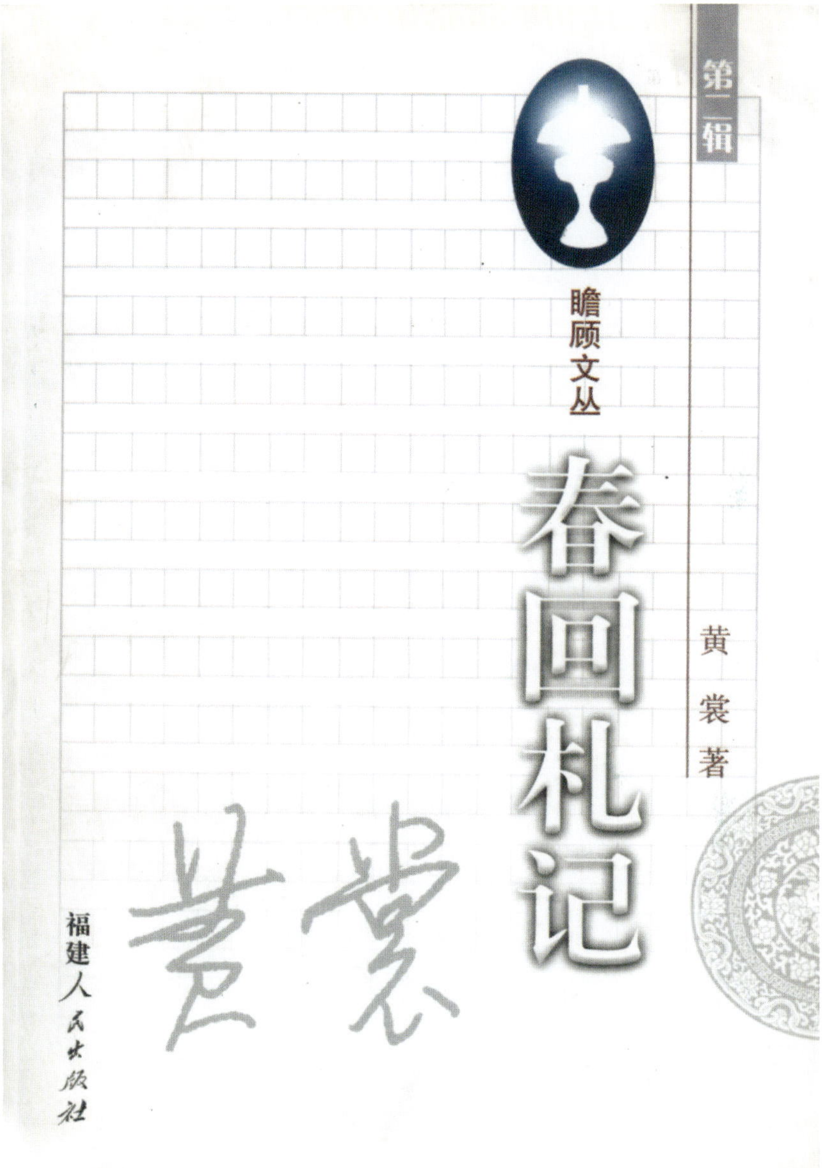

《春回札记》2001 年福建人民出版社初版 封面

创作卷Ⅺ・《书之归去来》《海上乱弹》

黄裳在家中

《书之归去来》1997 年湖北人民出版社初版 封面

《海上乱弹》2005年文汇出版社初版 封面

创作卷Ⅻ·《惊弦集》《嗲余集》

晚年的黄裳

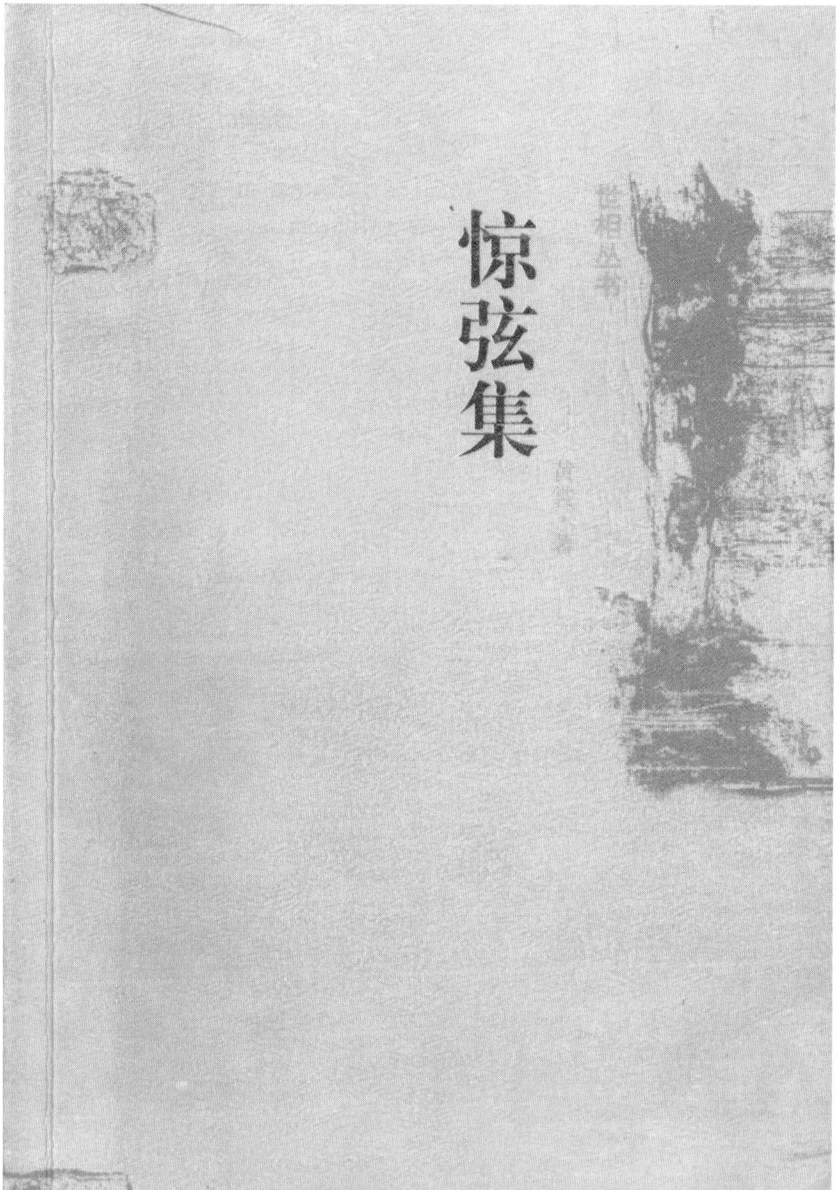

《惊弦集》2004年河北教育出版社版 封面

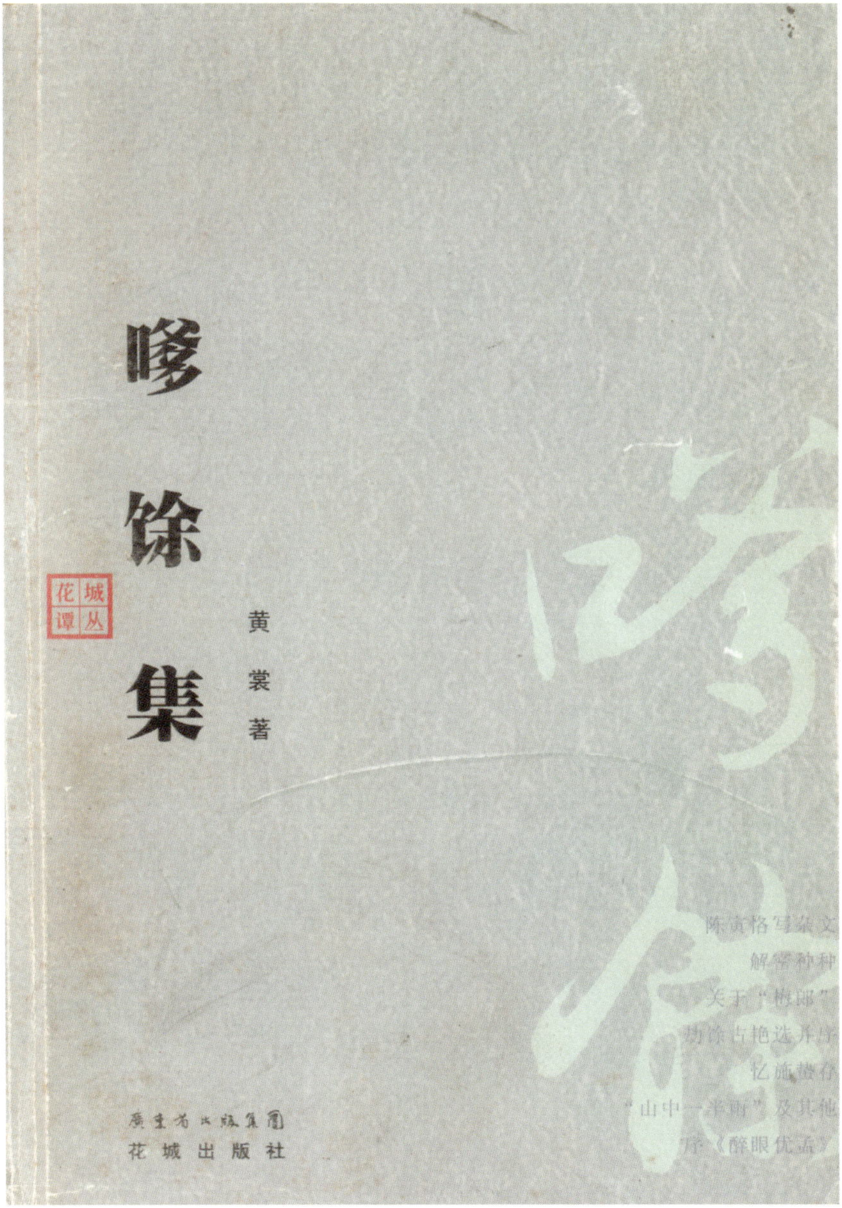

《嗲余集》2008 年花城出版社版 封面

创作卷ⅩⅢ·《珠还记幸》（修订本）

晚年黄裳

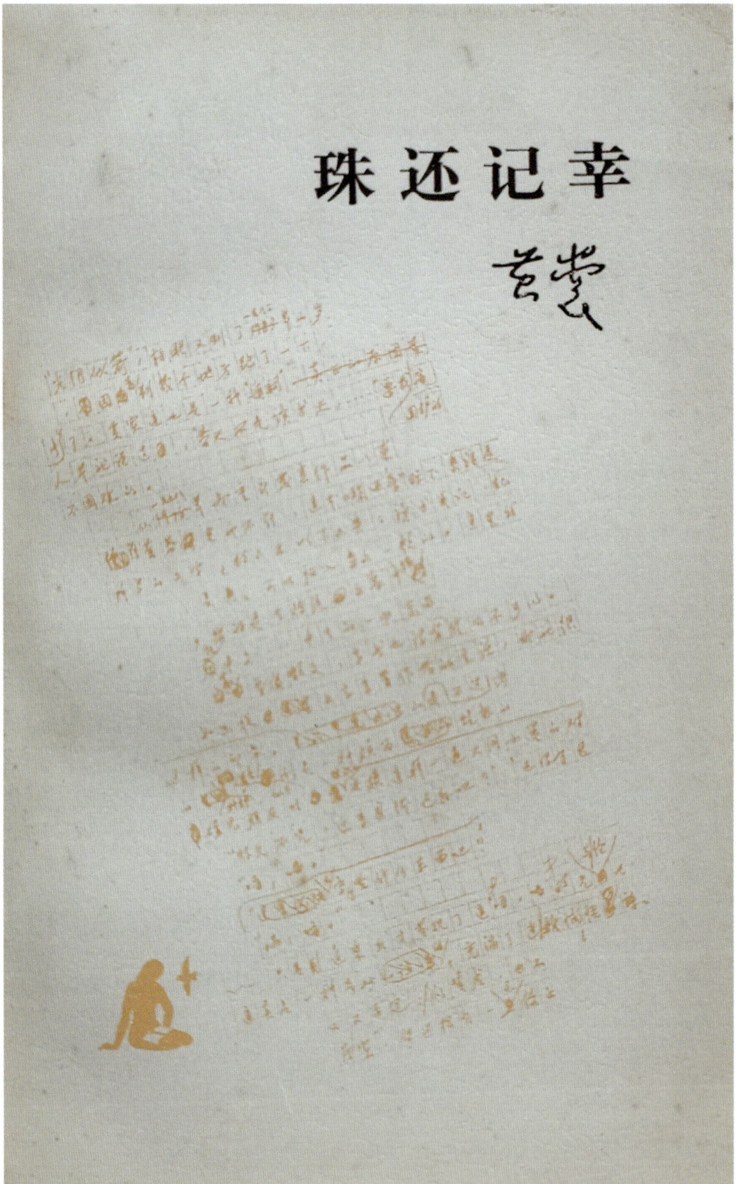

《珠还记幸》1985 年三联书店版 封面

《珠还集》1985 年三联书店香港分店版 封面

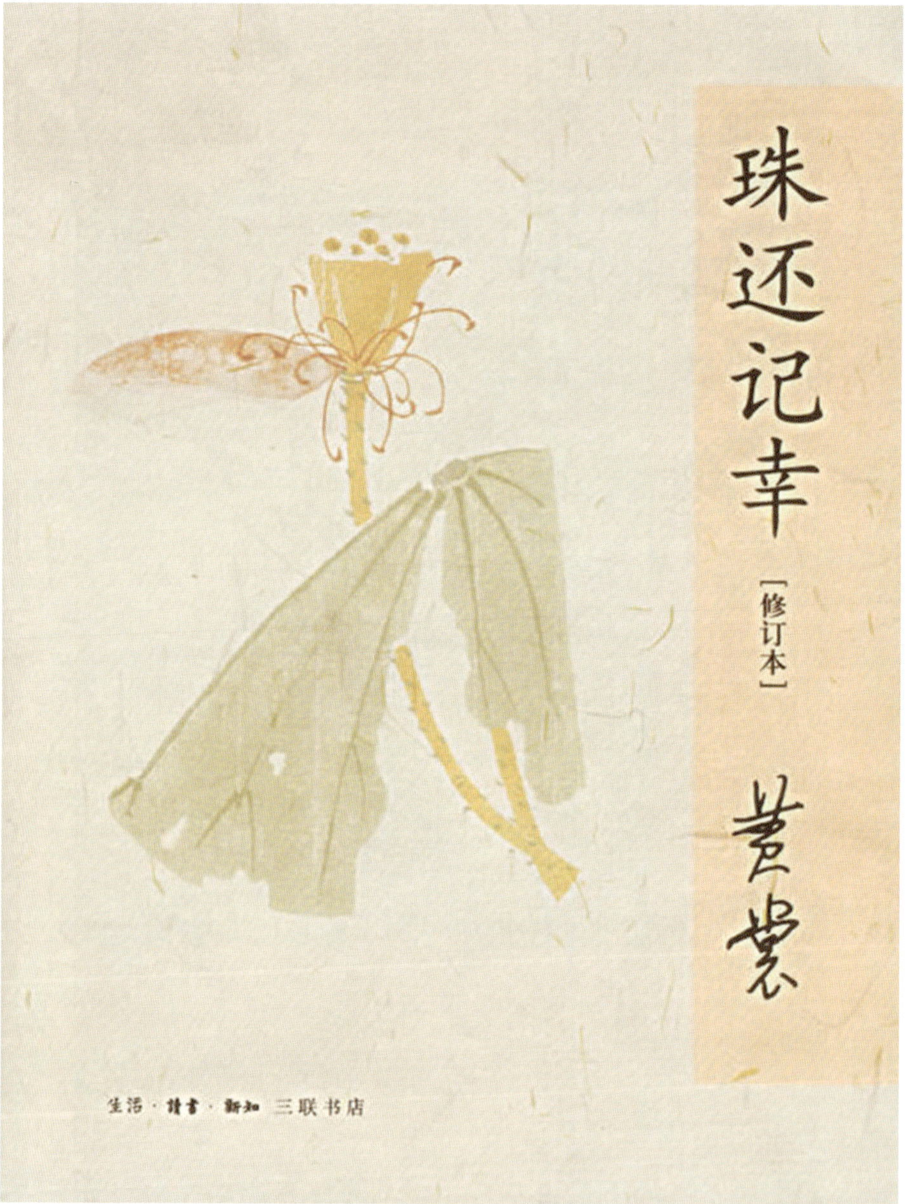

《珠还记幸》（修订本）2006年生活·读书·新知三联书店初版 封面

创作卷ⅩⅣ·《来燕榭文存》

黄裳晚年与外孙（右）等在家中合影

《来燕榭文存》2009 年生活·读书·新知三联书店初版 封面

创作卷XV·《来燕榭文存二编》

晚年在书房

2002 年摄于嘉兴王店曝书亭

《来燕榭文存二编》2011 年生活·读书·新知三联书店 2011 版 封面

创作卷XⅥ·《来燕榭集外文钞》（上）（下）

黄裳在书房中

晚年的黄裳

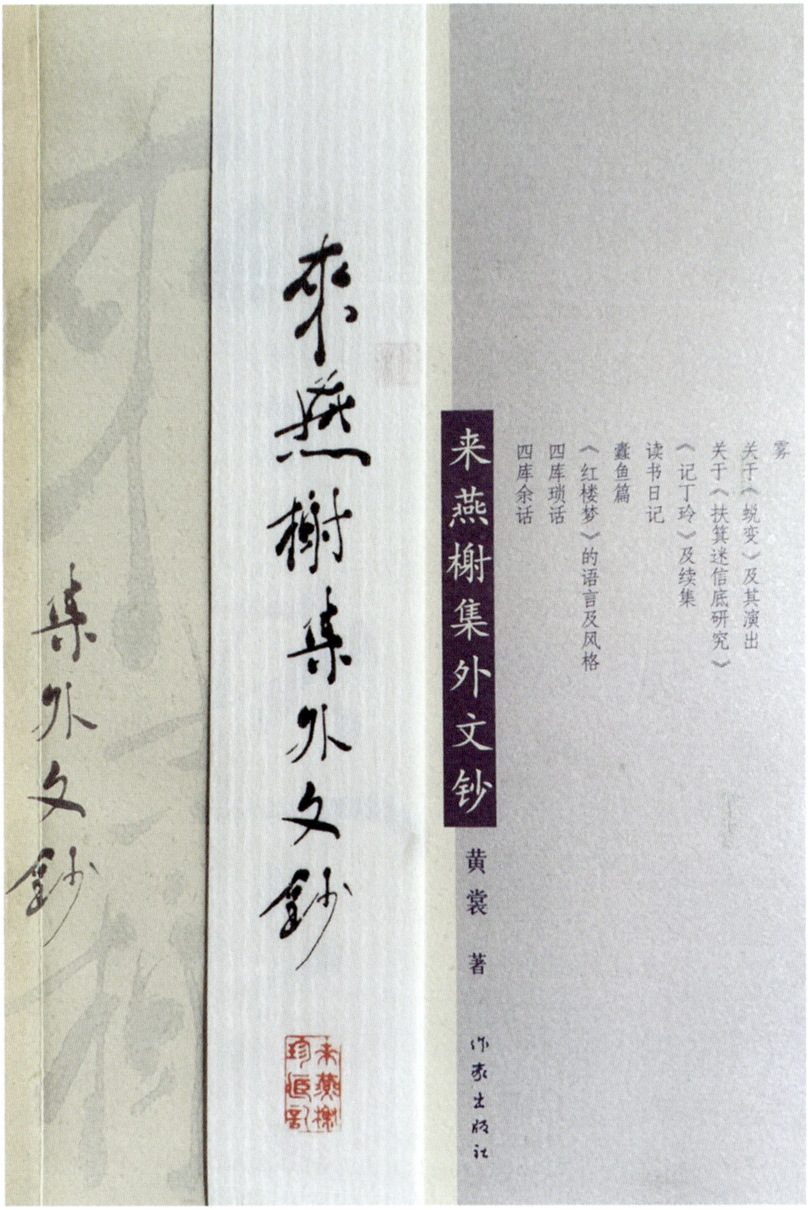

《来燕榭集外文钞》2006年作家出版社版 封面

黄裳集
創作卷VII

黄裳集
創作卷 XVI
来燕榭集外文钞（上）
黄裳集
創作卷 XVI
来燕榭集外文钞（下）
黄裳集
古籍研究卷 I
古籍校注三种
黄裳集
黄裳集
古籍研究卷 V
来燕榭读书记（下）
黄裳集
古籍研究卷 V
来燕榭读书记（上）
黄裳集
古籍研究卷 VI
梦雨斋读书记
惊鸿集
插图的故事
黄裳集
译文卷 I
莫洛博士岛
数学与你
黄裳集
译文卷 II
平凡的故事
黄裳集
译文卷 III
猎人日记
黄裳集
译文卷 IV
哥略夫里奥夫家族
黄裳集

图书在版编目（CIP）数据

印象·黄裳 /《黄裳集》编辑委员会编. -- 济南：山东人民出版社，2022.10

ISBN 978-7-209-14036-2

Ⅰ.①影… Ⅱ.①黄… Ⅲ.①黄裳（1919–2012）–文学研究 Ⅳ.① I207.67

中国版本图书馆CIP数据核字(2022)第172031号

印象·黄裳

《黄裳集》编辑委员会编

主管单位 山东出版传媒股份有限公司
出版发行 山东人民出版社
出 版 人 胡长青
社　　址 济南市市中区舜耕路517号
邮　　编 250003
电　　话 总编室（0531）82098914
　　　　 市场部（0531）82098027
网　　址 http://www.sd-book.com.cn
印　　装 山东华立印务有限公司
经　　销 新华书店

规　　格 16开（160mm×230mm）
印　　张 12
字　　数 5.5千字
版　　次 2022年10月第1版
印　　次 2022年10月第1次
ISBN 978-7-209-14036-2
定　　价 198.00元